Ivan Turgenjew

Frühlingsfluten

Ein Roman aus Frankfurt am Main

Übersetzt von W. A. Polowinoff

(Großdruck)

Ivan Turgenjew: Frühlingsfluten. Ein Roman aus Frankfurt am Main (Großdruck)

Übersetzt von W. A. Polowinoff.

Erstdruck: Wien, Pest, Leipzig, A. Hartleben's Verlag, 1872

Neuausgabe
Herausgegeben von Theodor Borken
Berlin 2022

Der Text dieser Ausgabe wurde behutsam an die neue deutsche Rechtschreibung angepasst.

Umschlaggestaltung: Heiner Hawel unter Verwendung des Bildes: Mary Cassatt, Junge Frau auf gestreiftem Sofa mit ihrem Hund, um 1875

Gesetzt aus der Minion Pro, 16 pt, in lesefreundlichem Großdruck

ISBN 978-3-8478-2498-5

Bibliografische Information der Deutschen Nationalbibliothek: Die Deutsche Nationalbibliothek verzeichnet diese Publikation in der Deutschen Nationalbibliografie; detaillierte bibliografische Daten sind im Internet über www.dnb.de abrufbar.

Henricus - Edition Deutsche Klassik GmbH, Berlin
Herstellung: Amazon Media EU S.à.r.l.

Die Jahre der Gluten,
Die Tage voll Wonnen –
Wie Frühlingsfluten
Sind sie verronnen!

Aus einer alten Romanze

Um zwei Uhr in der Nacht kehrte er in sein Arbeitszimmer zurück. Er schickte den Diener, der die Lichter angezündet hatte, hinaus, warf sich in seinen Sessel am Kamine und bedeckte das Gesicht mit beiden Händen.

Noch nie hatte er eine solche Müdigkeit – wie des Körpers so der Seele – gefühlt. Den ganzen Abend hatte er mit anmutigen Damen, mit gebildeten Männern zugebracht; mehrere der Damen waren schön, beinahe alle Männer zeichneten sich durch Geist, durch Talente aus – er selbst hatte sich mit vielem Glücke und selbst glänzend an der Unterhaltung beteiligt … und bei alledem, hatte noch nie das *taedium vitae,* von dem schon die Römer sprachen, jener Widerwillen gegen das Leben, sich seiner mit so unwiderstehlicher Gewalt bemächtigt, nach nie so wie jetzt an ihm gewürgt. Wäre er etwas jünger gewesen, er hätte vor Gram, Langeweile, Aufregung geweint: Eine Bitterkeit, beißend und brennend wie die des Wermuts, erfüllte seine Seele. Ein Gefühl des Ekels, zudringlich und schwer aufliegend, drang wie die dunkle Herbstnacht auf ihn von allen Seiten ein, und er wusste nicht, wie er diesem Dunkel, dieser Bitterkeit sich entziehen sollte. Auf Schlaf war nicht zu rechnen: Er wusste, dass er nicht einschlafen werde.

Er überließ sich schweren Gedanken … sie kamen langsam, faul, bitter.

Er dachte nach über das Eitle, die Nutzlosigkeit und das elende Falsch des menschlichen Daseins. Die verschiedenen Altersstufen zogen an seinem seelischen Blick vorüber (er selbst hatte unlängst zweiundfünfzig Jahre zurückgelegt) und keine fand Gnade vor ihm. Überall dasselbe ewige Füllen des bodenlosen Fasses, dasselbe »Wasserkneten«, derselbe teils aufrichtige, teils bewusste Selbstbetrug – einerlei womit das Kind spielt, nur weinen soll es nicht. – Und dann plötzlich – wie das Gewitter aus hellem Himmel, befällt uns das Alter – und mit ihm zusammen jene stets wachsende, alles benagende und auffressende Furcht vor dem Tode – und marsch in den Abgrund! Noch gut, wenn das Leben sich so abspielt! – Sonst überziehen uns zu allerletzt, wie der Rost das Eisen, Krankheiten, Qualen … Nicht mit brausenden Wellen überzogen, wie die Dichter es beschreiben, erschien ihm das Lebensmeer; nein – unbewegt, glatt, regungslos und durchsichtig bis zum düsteren Grunde dünkte ihm dieser See; er selbst sitzt im kleinen, schwankenden Kahne, – und dort auf jenem dunklen, schlammigen Grunde rühren sich, ungeheuren Fischen ähnlich, unförmliche Schreckensgebilde: sämtliche menschliche Schwächen, Krankheiten, Leiden, Wahnsinn, Armut, Blindheit … Er blickt hin, und siehe, eines der Gebilde löst sich ab aus dem Dunkel, erhebt sich immer höher und höher, wird immer deutlicher, immer widerwärtiger deutlich … Noch ein Augenblick – und der von dem Ungetüm aufgehobene Kahn schlägt um! Doch es scheint wieder zu verschwinden, es entfernt sich, senkt sich auf den Grund – und liegt da, die Riesenflossen kaum bewegend … Doch kommen wird der verhängnisvolle Tag – und es wirft den Kahn um.

Er schüttelte den Kopf, sprang vom Sessel auf, ging in der Stube auf und ab, setzte sich zum Schreibtisch und fing, eine Schublade nach der anderen aufziehend, in seinen Papieren, alten, größtenteils von Frauen herrührenden Briefen, zu wühlen an. Er wusste selbst nicht, warum er es tue, er suchte nichts – er wollte einfach durch irgendeine äußere Beschäftigung die Gedanken, die ihn peinigten, verscheuchen. Nachdem er aufs Geratewohl mehrere Briefe geöffnet (in einem derselben befand sich eine trockene Blume mit einem verblichenen Bändchen umwunden) zuckte er nur mit den Achseln, und legte sie, nachdem er einen Blick auf den Kamin geworfen, zur Seite, wahrscheinlich mit der Absicht, diesen unnützen Trödel zu verbrennen. Mit den Händen hastig bald in diesen, bald in jenen Kasten fahrend, öffnete er plötzlich weit die Augen, und nahm aus einem derselben langsam eine kleine, achteckige altmodische Schachtel, die er behutsam öffnete. In der Schachtel lag unter doppelter Schichte gelbgewordener Watte ein kleines, mit Granaten besetztes Kreuz.

Mit Verwunderung betrachtete er dieses Kreuz während einiger Augenblicke – und plötzlich ließ er einen leisen Schrei verlauten … Weder Bedauern noch Freude drückten seine Gesichtszüge aus. Einen solchen Ausdruck nimmt das Gesicht eines Menschen an, der unerwartet einem anderen begegnet, den er längst aus den Augen verloren, den er früher zärtlich geliebt, und der jetzt plötzlich ihm gegenübertritt – immer der Alte und doch durch die Jahre ganz verändert.

Er stand auf, und zum Kamin tretend, ließ er sich wieder auf den Sessel nieder – wiederum bedeckte er mit den Händen sein Gesicht … Warum heute, gerade heute, dachte er – und erinnerte sich an vieles längst Geschehene.

Er erinnerte sich …

Doch zuerst ist sein Eigen-, Vater- und Familiennamen mitzuteilen. Er hieß Dimitrij Pawlowitsch Sanin.

Er erinnerte sich an Folgendes:

1.

Es war im Sommer 1840. Sanin war eben zweiundzwanzig Jahre alt und befand sich in Frankfurt a. M. auf seiner Rückkehr aus Italien nach Russland. Er hatte kein großes Vermögen, doch war er vollständig unabhängig und ohne Familie. Nach dem Tode eines entfernten Verwandten waren ihm einige Tausend Rubel zugefallen, und er hatte beschlossen, dieselben im Auslande zu verzehren, vor dem Eintreten in den Staatsdienst, vor dem definitiven Anlegen dieses Baumes, ohne welchen eine sorgenlose Existenz für ihn undenkbar war. Sanin führte sein Vorhaben gewissenhaft aus, und wusste es so geschickt einzurichten, dass am Tage seiner Ankunft in Frankfurt a. M. ihm gerade so viel Geld übrigblieb, als nötig war, um Petersburg zu erreichen. Im Jahre 1840 waren nur sehr wenige Eisenbahnen vorhanden; die Herren Reisenden bedienten sich der Post. Sanin nahm einen Platz im »Beiwagen«, doch die Post fuhr erst um 11 Uhr abends. Zeit blieb genug übrig. Zum Glück war das Wetter ausgezeichnet und Sanin, nachdem er in dem damals berühmten Gasthause »Zum weißen Schwan« gespeist hatte, ging in die Stadt flanieren. Er sah sich die »Ariadne« von Danecker an, die ihm nur wenig gefiel; er besuchte das Haus von Goethe, von dessen Werken er bloß die »Leiden des Werther« gelesen – und dies in französischer Übersetzung; er spazierte an den Ufern des Main, langweilte sich, wie es einem anständigen Reisenden geziemt; endlich gegen sechs Uhr abends befand er sich, müde und mit bestaubten Stiefeln in einer der unbedeutendsten Straßen Frankfurts. Diese Straße konnte er nachher lange nicht vergessen. Auf einem der nicht zahlreichen Häuser derselben sah er ein Schild: Die »Italienische Konditorei von Giovanni Roselli« empfahl sich den Vorübergehenden. Sanin trat hinein, um ein Glas Limonade zu trinken, doch im ersten Zimmer, wo hinter dem bescheidenen Ladentisch in dem gefärbten Schenk, an eine Apotheke erinnernd, mehrere Flaschen mit goldenen Aufschriften und ebenso viele Glasbüchsen mit Zwieback, Schokoladen und Brustbonbons standen – in diesem Zimmer befand sich keine Seele; nur auf dem hohen, geflochtenen Stuhl am Fenster blinzelte mit den Augen ein grauer Kater, bald die eine, bald die andere Pfote vorwärts streckend; auf der Diele, grell durch den schiefen Strahl der Abendsonne beleuchtet, lag ein großer Knäuel roter Wolle neben einem umgeworfenen Körbchen aus geschnitztem Holze. Ein undeutliches Geräusch war aus dem nächsten Zimmer zu vernehmen. Sanin blieb eine Weile stehen – dann, als die Glocke der Tür ausgetönt, rief er, die Stimme erhebend:

»Ist niemand hier?«

In demselben Augenblicke wurde die Nebenstube geöffnet – und Sanin musste unwillkürlich staunen.

2.

Mit den über die entblößten Schultern ausgeschütteten Locken, die nackten Arme nach vorwärts ausgestreckt, kam ein Mädchen von etwa neunzehn Jahren hastig in den Laden gelaufen und stürzte, Sanin erblickend, sofort auf ihn zu, ergriff ihn am Arme und rief, ihn nach sich ziehend, mit erstickender Stimme: »Schneller, schneller! Hierher, hierher! Retten Sie!« Nicht augenblicklich folgte Sanin dem Mädchen, und zwar nicht aus Unlust, ihr zu gehorchen, sondern aus Übermaß der Verwunderung: Er fühlte sich wie an die Stelle gebannt. Noch nie in seinem Leben hatte er eine solche Schönheit gesehen! Sie wandte sich zu ihm – und rief mit solcher Verzweiflung in der Stimme, im Blick, in der Bewegung der geballten Hand, die sie krampfhaft zur blassen Wange führte: »Aber kommen Sie doch, kommen Sie!«, dass er durch die geöffnete Tür ihr jählings nacheilte.

Im Zimmer, in welches er hinter dem Mädchen eingetreten war, lag auf altmodischem, mit Rosshaarstoff überzogenem Sofa kreideweiß – weiß, mit gelben Schattierungen, wie die des Wachses oder alten Marmors, ein Knabe von vierzehn Jahren, dem Mädchen äußerst ähnlich, augenscheinlich ihr Bruder. Seine Augen waren geschlossen, der Schatten seiner dichten, schwarzen Haare fiel wie ein Fleck auf die wie versteinerte Stirn, auf die feingezeichneten, regungslosen Augenbrauen; durch die blau gewordenen Lippen sah man die fest zusammengedrückten Zähne. Es schien, dass er nicht atme – ein Arm hatte sich zur Diele gesenkt, der andere lag über dem Kopfe.

Der Knabe war angezogen und zugeknöpft, ein festgebundenes Tuch presste seinen Hals.

Das Mädchen eilte schluchzend zu ihm.

»Er ist gestorben! Er ist gestorben!«, schrie sie. »Noch eben saß er hier, sprach mit mir – und mit einem Mal ist er umgefallen, bewegungslos geworden … Mein Gott, kann man denn wirklich ihm nicht helfen? Und die Mutter ist nicht da! – Pantaleone, Pantaleone! Wo ist der Doktor?«, fügte sie plötzlich hinzu. – »Bist du nach dem Doktor gegangen?«

»Signora, ich bin nicht hingegangen, ich habe Louise geschickt«, hörte man eine heisere Stimme hinter der Türe – und in das Zimmer trippelte auf kurzen, krummen Beinen ein alter Mann im lila Frack mit schwarzen Knöpfen besetzt, hoher, weißer Krawatte, kurzen Nanking-Hosen und blauen, wollenen Strümpfen. Sein kleines Gesichtchen verschwand gänzlich unter der ungeheuren Masse greisen, eisenfarbiger Haare. Von allen Seiten sich hoch hinauftürmend und dann wieder in unordentlichen Haarbüscheln zurückfallend, verliehen sie der Erscheinung des Alten eine Ähnlichkeit mit einem schopfigen Huhn, die umso auffallender war, als man unter ihrer dunkelgrauen Masse nur die gespitzte Nase und die großen, gelben Augen erkennen konnte.

»Louise wird schneller hinlaufen, ich kann ja nicht laufen«, fuhr der Alte italienisch fort, die platten, vom Podagra gelähmten Füße, die in hohen, mit Schleifen gezierten Schuhen steckten, nacheinander erhebend. »Da habe ich Wasser gebracht.«

In seinen trockenen krummen Fingern hielt er den langen Hals einer Flasche.

»Aber unterdessen wird Emil sterben!«, rief das Mädchen und streckte die Hände nach Sanin aus. – »O mein Herr! – Können Sie ihn denn nicht retten?«

»Man muss ihm zur Ader lassen – das ist der Schlag«, bemerkte der Alte, der Pantaleone hieß.

Obgleich Sanin nicht den geringsten Begriff von Heilkunde hatte, wusste er doch sicher, dass vierzehnjährige Knaben nicht vom Schlage getroffen werden.

»Das ist eine Ohnmacht, kein Schlag«, rief er, sich zu Pantaleone wendend. »Haben sie Bürsten?«

Der Alte erhob sein Gesichtchen: »Was?«

»Bürsten, Bürsten!«, wiederholte Sanin deutsch und französisch. »Bürsten«, fügte er hinzu, sich den Anschein gebend, als wolle er Kleider reinigen.

Endlich begriff ihn der Alte:

»Ach, Bürsten! *Spazzette!* Freilich!«

»Bringen Sie sie her; wir wollen ihm den Rock ausziehen und ihn reiben.«

»Gut … *Benone!* Und soll man ihm nicht Wasser auf den Kopf gießen?«

»Nein … nachher; holen Sie jetzt schnell die Bürsten.«

Pantaleone stellte die Flasche auf die Diele, lief hinaus und kehrte sofort mit zwei Bürsten, einer Haar- und einer Kleiderbürste zurück. Ein krauser Pudel begleitete ihn und blickte, eifrig mit dem Schwanze wedelnd, bald den Alten, bald das Mädchen, ja selbst Sanin neugierig an – als ob er wissen wollte, was diese ganze Unruhe bedeuten solle.

Sanin zog dem daliegenden Knaben rasch den Rock aus, band das Halstuch los, streifte die Ärmel des Hemdes zurück und fing, mit der Bürste bewaffnet, aus allen Kräften Brust und Arme zu reiben an. – Pantaleone rieb ebenso eifrig mit der anderen, der Haarbürste, Stiefel und Hosen des Knaben. Das Mädchen war neben dem Sofa niedergekniet und mit beiden Händen den Kopf ihres Bruders umfasst haltend, blickte sie starr dessen Gesicht an, ohne selbst die Augenwimpern zu bewegen.

Sanin rieb – und blickte sie von der Seite an. Gott, war das eine Schönheit!

3.

Ihre Nase war ein wenig groß, doch von edler Adlerform, die obere Lippe war unmerklich von leichtem Flaum beschattet; dafür war ihre Gesichtsfarbe gleichmäßig matt, wie Elfenbein oder wie milchweißer Bernstein; der schillernde Glanz ihrer Haare wie bei der Judith von Allori im Palazzo Pitti – und vor allem ihre Augen dunkelgrau, mit schwarzen Rändern um den Augenstern, prachtvoll, triumphierend – selbst jetzt – wo Schrecken und Schmerz ihren Glanz verdunkelten … Unwillkürlich wurde Sanin an das schöne Land erinnert, von dem er zurückkehrte … Aber auch in Italien hatte er nichts Ähnliches gesehen! Das Mädchen atmete selten und ungleichmäßig; es schien, dass sie bei jedem Atemzuge erwarte, ob nicht ihr Bruder zu atmen anfangen werde? Sanin rieb immer weiter; doch blickte er nicht das Mädchen allein an. Die originelle Figur von Pantaleone fesselte ebenfalls seine Aufmerksamkeit. Der Alte war ganz schwach geworden und außer Atem geraten; bei jedem Rucke mit der Bürste hüpfte er und ächzte er wimmernd; die langen

Haarbüschel aber, vom Schweiß nass geworden, wogten schwerfällig hin und her, wie die Wurzeln einer großen Pflanze, die das Wasser untergraben.

»Ziehen Sie ihm wenigstens die Stiefel aus«, wollte Sanin ihm sagen.

Der Pudel, wahrscheinlich durch das Ungewöhnliche des Vorganges aufgeregt, stemmte die Vorderbeine auseinander – und fing zu bellen an. – »*Tartaglia – canaglia!*« herrschte der Alte ihn an. Doch in diesem Augenblick veränderte sich das Gesicht des Mädchens. Ihre Augenbrauen erhoben sich, ihre Augen wurden noch größer und strahlten vor Freude.

Sanin wandte sich um. Auf dem Gesichte des Knaben zeigte sich Röte; die Augenlider regten sich … die Nasenlöcher erzitterten. Er zog durch die noch zusammengepressten Zähne Luft ein, er atmete …

»Emil!«, rief das Mädchen. »*Emilio mio!*«

Langsam öffneten sich die großen, schwarzen Augen. Sie blickten noch stumpf, doch lächelten sie bereits, wenn auch schwach; dasselbe schwache Lächeln breitete sich über die bleichen Lippen aus. Dann bewegte er den herabhängenden Arm – und ließ ihn schwer auf seine Brust fallen.

»*Emilio!*«, wiederholte das Mädchen und erhob sich. Der Ausdruck ihres Gesichtes war so heftig und gespannt, dass es schien, sie werde sofort entweder in Weinen oder in Lachen ausbrechen.

»Emil! Was soll das? Emil!«, hörte man hinter der Türe rufen, und mit schnellen Schritten trat in das Zimmer eine gut gekleidete Dame mit silberweißem Haare und von dunkler Gesichtsfarbe. – Ein Mann gesetzten Alters folgte ihr; hinter dessen Rücken erblickte man das Gesicht der Dienerin.

Das Mädchen lief ihnen entgegen.

»Mutter, er ist gerettet, er lebt!«, rief sie, die eingetretene Dame krampfhaft umarmend.

»Was ging denn hier vor?«, wiederholte diese.

»Ich kehre zurück … und begegne plötzlich dem Herrn Doktor und Louise.«

Das Mädchen begann zu erzählen, was vorgefallen, der Doktor aber trat zu dem Kranken, der immer mehr und mehr zu sich kam – und fortwährend lächelte: Er schien sich über die von ihm verursachte Unruhe zu schämen.

»Sie haben, wie ich sehe, ihn mit Bürsten gerieben«, wandte sich der Doktor zu Sanin und Pantaleone, »das ist ausgezeichnet … Ein glücklicher Gedanke … Jetzt will ich zusehen, welches Mittel …«

Er fühlte den Puls des Knaben. – »Hm, zeigen Sie die Zunge!«

Die Dame neigte sich besorgt über ihn. Er lächelte noch freimütiger, richtete seine Augen auf sie – und sie errötete …

Sanin glaubte, er sei überflüssig und trat in die Konditorei hinein. Doch er hatte noch nicht die Klinke der Straßentür erfasst, als das Mädchen schon wieder vor ihm stand und ihn zurückhielt.

»Sie gehen weg?«, fing sie an, ihm freundlich in die Augen blickend. »Ich halte Sie nicht zurück, doch Sie müssen durchaus heute Abend zu uns kommen; wir sind ihnen so verbunden. – Sie haben ja den Bruder vielleicht gerettet – wir wollen uns bei Ihnen bedanken – die Mutter will es durchaus. Sie müssen uns sagen, wer Sie sind, Sie müssen an unserer Freude teilnehmen …«

»Ich fahre aber heute nach Berlin«, wagte Sanin zu entgegnen.

»Sie werden noch Zeit haben«, entgegnete das Mädchen. »Kommen Sie zu uns in etwa einer Stunde zu einer Tasse Schokolade. Sie versprechen es? Ich muss zu ihm! … Sie kommen doch?«

Was blieb Sanin übrig?

»Ich komme«, antwortete er.

Die Schöne drückte ihm rasch die Hand, eilte in das Hinterzimmer – und er befand sich auf der Straße.

4.

Als Sanin nach anderthalb Stunden in die Konditorei von Roselli zurückkehrte, wurde er wie ein Verwandter empfangen. Emilio saß auf demselben Diwan, auf dem man ihn gerieben hatte; der Doktor hatte ihm eine Arznei verschrieben und ihn sorgfältig »vor Gemütserschütterung zu behüten« anempfohlen – da das Subjekt von nervösem Temperament und zu Herzleiden geneigt sei. Bereits früher hatte er an Ohnmachten gelitten, doch noch nie war der Anfall so anhaltend und stark gewesen. Im Übrigen, hatte der Doktor erklärt, jede Gefahr sei vorüber. Emil hatte, wie es einen Genesenden ziemt, einen weiten Schlafrock an; die Mutter hatte ein blaues wollenes Tuch um seinen Hals gewickelt; sein Aussehen war heiter, ja festlich; auch alles umher sah festlich aus. Vor dem Diwan erhob sich auf einem mit reiner Serviette bedeckten runden Tische, von Tassen, Karaffen mit Fruchtsäften, Biskuits, Brötchen – selbst Blumen umgeben – eine große Porzellankanne mit duftender Schokolade gefüllt; sechs dünne Wachskerzchen brannten in zwei alten, silbernen Armleuchtern; aus der einen Seite des Diwans breitete ein behaglicher Lehnstuhl seine weichen Arme aus – und Sanin musste in demselben Platz nehmen. Alle Bewohner der Konditorei, mit denen er an dem Tage bekannt geworden, waren anwesend, der Pudel Tartaglia und der Kater nicht ausgenommen; alle schienen überaus glücklich zu sein: Der Pudel nieste sogar vor Vergnügen, nur der Kater war, wie vorhin, verlegen und blinzelte mit den Augen. Sanin musste sagen, wer er sei, woher er komme und wie er heiße; als er sagte, er sei Russe, wunderten sich die beiden Damen, ließen selbst ein leises »Ach!« vernehmen, und erklärten sofort übereinstimmend, dass er ausgezeichnet deutsch spreche; dass aber, wenn es ihm geläufiger sei, französisch zu sprechen, er sich dieser Sprache bedienen möge, da sie dieselbe kennen. Sanin benutzte sofort diesen Vorschlag.

»Sanin! Sanin!« Die Damen hatten gar nicht erwartet, dass ein russischer Name so leicht auszusprechen sei; sein Eigenname »Dimitrij« gefiel auch außerordentlich. Die ältere Dame bemerkte, dass sie in ihrer Jugend eine Oper: »*Demetrio e Polibio*« gehört habe, dass aber »*Dimitri*« viel hübscher sei als »*Demetrio*«. In solcher Weise unterhielt sich Sanin über eine Stunde. Ihrerseits weihten ihn die Damen in alle Einzelheiten ihrer Lebensweise ein. Am meisten sprach die Mutter, die Dame mit weißen Haaren. Sanin erfuhr von ihr, dass sie Lenora Roselli heiße; dass ihr verstorbener Mann Giovanni Battista Roselli vor fünfundzwanzig Jahren sich in Frankfurt als Konditor angesiedelt hatte; dass Giovanni Battista aus Vicenza gebürtig war und ein ausgezeichneter, wenn auch ein wenig heftiger und leidenschaftlicher Mensch, ja sogar Republikaner gewesen sei. Bei diesen Worten zeigte Frau Roselli auf sein Bild in Ölfarbe, das über dem Diwan hing. Man musste annehmen, dass der Maler – »Ebenfalls ein Repuplikaner!«, bemerkte mit einem Seufzer Frau Roselli – nicht ganz die Ähnlichkeit fassen konnte, denn auf dem Bilde glich der selige Roselli einem finsteren und grimmigen Briganten – in der Art des Rinaldo Rinaldini. Die Frau Roselli selbst war aus der alten, wunderschönen Stadt Parma gebürtig, wo sich die prachtvolle Kirchenkuppel mit den Fresken des unsterblichen Correggio befindet; doch durch den langen Aufenthalt in Deutschland war sie beinahe ganz zur Deutschen geworden. Dann fügte sie, den Kopf traurig schüttelnd, hinzu, dass ihr nichts geblieben sei, als diese Tochter und dieser Sohn (sie zeigte auf beide nacheinander mit dem Finger), dass die Tochter Gemma, der Sohn Emilio heiße; dass sie beide gute und gehorsame Kinder seien, namentlich Emilio (»Und ich nicht?«, warf hier die Tochter ein. »Ach, du bist auch eine Republikanerin!«, antwortete die Mutter.), – dass die Geschäfte jetzt allerdings nicht so gut wie bei ihrem Manne gingen, der im Konditorfach ein großer Meister gewesen … (»*Un grand uomo!*«

rief mit finsterer Miene Pantaleone.); dass man dennoch, – Gott sei Dank! – leben könne.

5.

Gemma hörte der Mutter zu – lächelte, seufzte, streichelte sie am Rücken, drohte ihr mit dem Finger, sah Sanin an; endlich sprang sie auf, umarmte und küsste die Mutter gerade auf den Hals in der Gegend des Zäpfchens, worüber diese viel, ja selbst ausgelassen lachte. Pantaleone wurde ebenfalls Sanin vorgestellt. Es stellte sich heraus, dass er einst Opernsänger für Baritonpartien gewesen, doch schon längst seine theatralischen Beschäftigungen aufgegeben und sich bei der Familie Roselli als Mittelding zwischen Hausfreund und Diener aufhalte. Trotz seines langjährigen Aufenthaltes in Deutschland sprach er die deutsche Sprache nur schlecht, und kannte eigentlich nur die Schimpfreden derselben, die er übrigens gleichfalls unbarmherzig verstümmelte. »*Ferroflucto Spiccebubbio!*« nannte er beinahe jeden Deutschen. Italienisch aber sprach er meisterhaft, denn er war gebürtig aus Sinigaglia, wo man die »*lingua toscana in bocca romana*« hört. Emilio fühlte sich augenscheinlich sehr behaglich und überließ sich ganz den angenehmen Gefühlen eines Menschen, der eben einer bedeutenden Gefahr entronnen und in Genesung begriffen ist; außerdem konnte man bemerken, dass sämtliche Hausgenossen ihn verhätschelten. Er bedankte sich verlegen bei Sanin und machte sich namentlich mit Sirup und Konfekt zu schaffen. Sanin sah sich genötigt, zwei Tassen köstlicher Schokolade zu trinken und eine erstaunenswerte Menge von Biskuits zu essen: Kaum hat er den einen heruntergeschluckt, da bietet ihm Gemma einen anderen an – und keine Möglichkeit, abzuschlagen! Er fühlte sich bald wie zu Hause, die Zeit verging mit unglaublicher Schnelligkeit. Er musste viel erzählen – über Russland im Allgemeinen, über russisches Klima, russische Gesellschaft, russische Bauern – und namentlich über Kosaken; über den Krieg von 1812, über Peter den Großen, über den Kreml, über russische Lieder und Glocken. Die beiden Damen hatten nur wenige Begriffe von unserem weiten und entfernten Vaterlande; Frau Roselli, oder wie sie häufiger genannt wurde, Frau Lenora, versetzte selbst Sanin in Erstaunen durch die Frage, ob das berühmte, im vorigen Jahrhundert in Petersburg gebaute Haus aus Eis noch existiere, über welches sie unlängst in einem Buche ihres verstorbenen Mannes: »*Bellezze delle arti*«, einen interessanten Aufsatz gelesen hatte.

Als Antwort auf Sanins Ausruf: »Glauben Sie denn, dass es in Russland keinen Sommer gebe?«, entgegnete Frau Lenora, dass sie bis jetzt sich Russland folgendermaßen vorgestellt: ewiger Schnee, alle gehen in Pelzen, alle sind Soldaten – die Gastfreundschaft aber ist außerordentlich und die Bauern sehr gehorsam! Sanin bemühte sich, ihr und ihrer Tochter genauere Kenntnisse beizubringen. Als die Rede auf russische Musik kam, bat man ihn, ein russisches Lied zu singen und deutete auf ein im Zimmer stehendes kleines Pianoforte, mit schwarzen Tasten statt der weißen und mit weißen statt der schwarzen. Er gehorchte, ohne weitere Umstände zu machen und sang, sich mit zwei Fingern der rechten und mit drei (dem großen, mittleren und kleinen) der linken Hand begleitend, mit dünner Tenorstimme erst den »Sarafan«, dann das »Dreigespann«. Die Damen lobten seine Stimme und die Musik, doch waren sie noch mehr von der Weichheit und dem Wohlklange der russischen Sprache entzückt und verlangten eine Übersetzung der Lieder. Sanin erfüllte ihren Wunsch – doch, da die Liederworte in seiner Übersetzung keinen großen Begriff von russischer Poesie bei den Zuhörerinnen erwecken konnten, so trug er Gedichte vor und übersetzte sie sodann; schließlich sang er eine von Glinka komponierte Dichtung Puschkins, bei den Mollnoten dieser Musik zeigte er jedoch einige Unsicherheit. Hier gerieten die Damen in Ekstase – Frau

16

Lenora fand sogar in der russischen Sprache eine merkwürdige Ähnlichkeit mit der italienischen, ja, selbst die Namen Puschkin (sie sprach ihn Pussekin aus) und Glinka klangen ihr ganz heimisch.

Dann bat Sanin die Damen, ihrerseits etwas zu singen; sie ließen sich nicht lange bitten. Frau Lenora setzte sich zum Pianoforte und sang mit Gemma einige Duette und »Stornelli«. Die Mutter hatte einst einen guten Kontra-Alt gehabt; die Stimme der Tochter war ein wenig schwach, doch angenehm.

6.

Nicht die Stimme von Gemma bewunderte Sanin, sondern sie selbst. Er saß ein wenig seitwärts nach hinten und dachte, dass keine Palme – selbst die im Gedichte Benedictoffs, der zur Zeit in Mode war, nicht ausgenommen – sich mit dieser zierlichen, schlanken Gestalt messen konnte. Als sie aber bei den gefühlvollen Stellen die Augen nach oben richtete, so glaubte man, es könne keinen Himmel geben, der sich nicht einem solchen Blick geöffnet hätte. Selbst der alte Pantaleone, der mit der Schulter an die Türe gelehnt, das Kinn und den Mund im weiten Halstuch versteckt, wichtig, mit dem Aussehen eines Kenners, zuhörte, selbst dieser bewunderte das Gesicht des schönen Mädchens und staunte es an – und doch konnte er, wie es schien, an diesen Anblick schon gewöhnt sein! Als sie ihr Duett mit der Tochter beendet, bemerkte Frau Lenora, dass Emilio eine prachtvolle Stimme, rein wie Silber, habe – doch jetzt sich in einem Alter befinde, in welchem die Stimme breche (er sprach wirklich mit einer beständig durch Fistellaute unterbrochenen Bassstimme) und dass ihm deshalb das Singen verboten sei; Pantaleone aber, der könne, den Gast zu ehren, alte Zeiten erneuern. Pantaleone nahm sofort eine unzufriedene Miene an, wurde finster, brachte seine Haare noch mehr in Unordnung und erklärte, dass er dieses alles schon längst an den Nagel gehängt habe, obgleich er wirklich in seiner Jugend für sich habe einstehen können – und überhaupt zu jener großen Epoche gehört habe, als es wirklich klassische Sänger gab – nicht den heutigen Schreihälsen ähnlich! – und als eine wirkliche Gesangschule vorhanden war; dass man ihm, Pantaleone Cippatola aus Varese, einst in Modena einen Lorbeerkranz dargebracht und ihm zur Ehre sogar im Theater weiße Tauben habe fliegen lassen; dass unter anderen hohen Gönnern ein russischer Fürst Tarbuski – *il principe Turbuski* – mit dem er sehr befreundet gewesen, ihn beim Abendessen stets nach Russland geladen und ihm Berge von Gold versprochen habe … doch er habe Italien, das Land von Dante – *il paese del Dante* – nicht verlassen wollen. Nachher hätten sich allerdings unglückliche Zufälle ereignet, er selbst sei nicht vorsichtig gewesen … Hier unterbrach sich der Alte, seufzte tief, versank in Gedanken – und sprach wieder von der klassischen Epoche des Gesanges, vom berühmten Tenor Garcia, für den er tiefe, grenzenlose Hochachtung gefühlt. »Das war ein Mann!«, rief er. »Nie hätte der große Garcia – *il gran Garcia* – sich so weit erniedrigt, um, wie die jetzigen, widrigen – Tenörchen – *tenoracci* – mit Falsett zu singen: Stets sang er mit der Brust, *voce di petto, si!*« – Und der Greis schlug mit der kleinen, vertrockneten Faust heftig auf seine Brust. »Und welcher Schauspieler war das! Ein Vulkan, *signori miei*, ein Vulkan, *un Vesuvio!* Ich hatte die Ehre und das Vergnügen, mit ihm in der Oper – *del illustrissimo muëstro Rossini* – im Othello zu singen! Garcia war Othello – ich sang den Jago – und wenn er diesen Satz aussprach …«

Hier stellte sich Pantaleone in Positur und sang mit zitternder, heiseren doch noch immer pathetischer Stimme:

>»Li … ra d'aver … so d'aver … so il fato
>Lo piu no … no … no … non temerò!

Das Theater zitterte, *signori miei!*, doch ich blieb nicht zurück und sang ihm nach:

›Li … ra d'aver … so d'aver … so il fato.
Temèr pici non dovrò!‹

Er aber – plötzlich wie der Blitz, wie der Tiger:

›Morrò! … Ma vendicato …‹

Oder, wenn er sang, wenn er jene berühmte Arie aus dem *Matrimonio segreto: Pria che Spunti* … sang, da machte er, *il gran Garcia*, nach den Worten: *I cavalli di galoppo* – da machte er bei den Worten: *Senza posa caccierà* – hören Sie, wie bewundernswürdig, *com'è stupendo!* er es machte …« Hier fing der Alte eine ganz ungewöhnliche Fioritur an, doch bei der zehnten Note blieb er stecken, hustete, und nachdem er mit der Hand eine abwehrende Bewegung gemacht hatte, wandte er sich hinweg – und murmelte:

»Warum quälen Sie mich?« Gemma sprang sofort vom Stuhle auf, lief, laut mit den Händen klatschend und »Bravo! Bravo!«, rufend, zum armen, verabschiedeten Jago und klopfte ihm freundlich mit beiden Händen auf die Schultern. Emil allein lachte erbarmungslos. »*Cet age est sann pitié* – dieses Alter kennt kein Mitleid«, hat bereits Lafontaine gesagt.

Sanin versuchte, den greisen Sänger zu trösten und redete ihn italienisch an (während seiner Reise hatte er einige Brocken davon aufgeschnappt), er sprach vom *paese del Dante, dovo il si suona.* Diese Phrase, zusammen mit »Lasciate ogni speranza« bildete das ganze poetisch-italienische Gepäck des jungen Reisenden, doch der Alte zeigte sich unempfindsam für sein Entgegenkommen. Noch tiefer als früher, steckte er das Kinn in das Halstuch, ließ finster das Auge hervortreten und glich noch mehr einem Vogel, einem bösen Vogel – etwa einem Raben oder einem Geier. Emil wandte sich dann sofort leicht errötend, wie es Kindern gewöhnlich ist, zu seiner Schwester und sagte ihr, dass, wenn sie den Gast unterhalten wollte, sie doch eine von den kleinen Komödien von Malz, die sie so gut lese, vortragen möchte. Gemma lachte, schlug den Bruder auf die Hand, ging sofort in ihr Zimmer, kehrte mit einem kleinen Buche zurück, setzte sich an den Tisch zur Lampe, wandte sich um, hob den Finger in die Höhe: – »Jetzt bitte, zu schweigen!« – eine echt italienische Geste – und begann zu lesen.

7.

Malz war ein Frankfurter Schriftsteller der dreißiger Jahre, welcher in seinen kurzen, leicht hingeworfenen Komödien im Lokaldialekt, mit drolligem und scharfem, wenn auch nicht tiefem Humor geschrieben, Frankfurter Typen vorführte. Es zeigte sich, dass Gemma prachtvoll – ganz wie eine Schauspielerin vortrug.

Jeder Person gab sie einen derselben entsprechenden Charakter und führte diesen bis zu Ende durch; sie wandte alle Komik auf, die sie zusammen mit dem italienischen Blute geerbt hatte; ohne Mitleid für ihre zarte Stimme, für ihr schönes Gesicht, schnitt sie, wenn es galt, eine verrückt gewordene alte Frau oder einen dummen Bürgermeister darzustellen, die allerdrolligsten Gesichtchen, sie zwängte die Augen ein, rümpfte die Nase, schnarrte, kreischte sogar … Sie selbst lachte beim Lesen nicht, doch wenn die Zuhörer (allerdings mit Ausnahme von Pantaleone, der sich, als die Rede auf den *ferroflucto Tedesco* kam, sofort mit Unwillen entfernt hatte) sie durch den einmütigen Ausbruch des Gelächters unterbrochen – dann lachte sie auch hellauf, den Kopf zurückwerfend, das Buch auf die Knie fallen lassend, und ihre schwarzen Locken hüpften dann in zarten Ringen um den Hals und auf den erschütterten Schultern.

Das Lachen hörte auf – sofort erhob sie das Buch, verlieh ihrem Gesichte den grade entsprechenden Ausdruck und las ernst weiter. Sanin konnte sie nicht genug bewundern; namentlich, staunte er darüber: Durch welches Wunder ihr so ideal schönes Gesicht plötzlich einen so komischen, ja manchmal trivialen Ausdruck erlangen konnte. Weniger befriedigend trug Gemma die Rollen junger Damen, sogenannter *jeunes premières* vor; die Liebesszenen wollten ihr gar nicht gelingen; sie fühlte es selbst und verlieh ihnen daher einen leichten Anstrich des Lächerlichen – als ob sie allen diesen erhabenen Schwüren und entzückten Reden – deren sich übrigens der Autor selbst, soweit es ging, enthielt – keinen Glauben schenke.

Sanin bemerkte nicht, wie der Abend vergangen war – und erinnerte sich der bevorstehenden Reise erst, als die Uhr zehn schlug. Er sprang vom Stuhle auf wie von einer Biene gestochen.

»Was fehlt Ihnen?«, fragte Frau Leonore.

»Ich sollte ja heute nach Berlin fahren – und habe bereits einen Platz im Postwagen genommen!«

»Und wann geht die Post?«

»Um halb elf!«

»Nun, dann ist es schon zu spät, um hinzukommen«, bemerkte Gemma. »Bleiben Sie … ich werde weiter lesen.«

»Haben Sie das ganze Geld für den Platz bezahlt oder nur einen Teil?«, fragte Frau Lenora mit Anteil.

»Das Ganze!«, rief Sanin mit trauriger Miene.

Gemma sah ihn scharf an – und lachte; die Mutter tadelte sie. – »Der junge Mensch hat unnütz Geld ausgegeben – und du lachst!«

»Das tut nichts«, antwortete Gemma, »es wird ihn nicht ruinieren, wir aber wollen ihn trösten. Wünschen Sie nicht Limonade?«

Sanin trank die Limonade, Gemma nahm wieder Malz vor, und alles kam wieder in den alten Gang.

Die Uhr schlug zwölf und Sanin wollte sich verabschieden.

»Sie müssen jetzt einige Tage in Frankfurt bleiben«, sagte Gemma zu ihm; »wo wollen Sie hineilen? Lustiger wird es in einer anderen Stadt auch nicht sein.« Sie schwieg. »Wirklich nicht«, fügte sie hinzu und lächelte.

Sanin antwortete nichts und dachte, dass er jetzt unter allen Umständen, schon wegen der Leere seines Beutels einige Tage in Frankfurt werde zubringen müssen, bis eine Antwort von seinem Berliner Bekannten anlange, an den er sich wegen Geld zu wenden die Absicht hatte.

»Bleiben Sie, bleiben Sie«, rief auch Frau Lenora. »Wir werden Sie mit dem Bräutigam von Gemma, Herrn Carl Klüber bekannt machen. Heute konnte er nicht kommen, weil er in seinem Laden sehr beschäftigt ist. – Sie haben wohl sicher das größte Magazin von Tuch und seidenen Waren auf der Zeil bemerkt – dort ist er der erste Kommis. Es wird ihm sehr angenehm sein, sich Ihnen vorstellen zu können.«

Sanin wurde – Gott weiß warum – von dieser Nachricht betroffen.

»Ein Glückskind muss dieser Bräutigam sein!«, ging ihm durch den Kopf.

Er blickte Gemma an – und er glaubte einen schelmischen Ausdruck in ihren Augen zu bemerken. Er verabschiedete sich.

»Auf morgen? Nicht wahr, auf morgen?«, fragte Frau Lenora.

»Auf morgen!«, rief Gemma nicht in fragendem, sondern bejahendem Tone, als ob es nicht anders sein könne.

»Auf morgen!«, antwortete Sanin.

Emil, Pantaleone und Tartaglia begleiteten ihn bis zur Straßenecke. Pantaleone konnte nicht umhin, seiner Unzufriedenheit über das Lesen Gemmas Ausdruck zu geben.

»Wie, schämt sie sich nicht! Sie schneidet Fratzen, sie schnarrt – *una carricatura!* Sie sollte Merope oder Klytämnestra vorstellen – etwas Großes, etwas Tragisches, sie aber äfft eine eklige Deutsche! Das kann ich ja auch … Merz, Kerz, Smerz«, fügte er mit rauer

Stimme hinzu, das Gesicht nach vorn schiebend und die Finger auseinander ziehend. Tartaglia bellte ihn an, Emil lachte. Der Alte kehrte schroff um.

Sanin kam nach dem Gasthaus »Zum weißen Schwan« – er hatte vorher bloß sein Gepäck dort gelassen – in ziemlich verwirrter Gemütsstimmung. Alle diese deutsch-französisch-italienischen Gespräche klangen in seinen Ohren nach.

»Braut!«, flüsterte er, schon im Bette des ihm zugewiesenen Zimmers liegend. »Und welche Schönheit! Warum aber bin ich geblieben?«

Am nächsten Tage schickte er jedoch den Brief an seinen Berliner Freund ab.

8.

Noch hatte er nicht Zeit gehabt sich anzukleiden, als ihm der Kellner die Ankunft zweier Herren meldete. Der eine derselben war Emil, der andere – ein stattlicher, junger Mann von hohem Wuchse und dem wohlgestaltetesten Gesichte von der Welt, war Herr Carl Klüber, der Bräutigam der schönen Gemma.

Man muss annehmen, dass es zu jener Zeit in ganz Frankfurt in keinem Laden einen so höflichen, anständigen, ansehnlichen, freundlichen Kommis gegeben hat, wie solcher durch Herrn Klüber zur Erscheinung kam. Die Tadellosigkeit seiner ganzen Toilette glich der Würde seiner Haltung und der allerdings ein wenig steifen und zurückhaltenden Eleganz nach englischer Art (er hatte zwei Jahre in England zugebracht) – doch immer bezaubernden Eleganz seiner Manieren. Beim ersten Blick war man überzeugt, dass dieser ein wenig strenge, prachtvoll erzogene und prachtvoll gewachsene junge Mann den Oberen zu gehorchen und den Untergebenen zu befehlen gewohnt war, und dass er hinter dem Ladentische seines Magazins notwendigerweise den Käufern selbst Achtung gebieten musste. Hinsichtlich seiner übermenschlichen Ehrlichkeit konnte auch nicht der leiseste Zweifel aufkommen: Man brauchte ja nur einen Blick auf seinen steifgestärkten Kragen zu werfen! Auch seine Stimme zeigte sich, wie zu erwarten war, voll und selbstbewusst, doch nicht zu laut, sogar nicht ohne eine gewisse Freundlichkeit im Timbre. Mit solcher Stimme muss es bequem sein, dem untergebenen Kommis Befehle zu erteilen: »Zeigen Sie jenes Stück Lyoner Pensée-Samt!«, oder: »Bieten Sie dieser Dame einen Stuhl an!«

Herr Klüber begann damit, dass er sich vorstellte, wobei er so edel seine Figur nach vorn beugte, so angenehm die Füße zusammenführte und so höflich die Hacken aneinander schlug, dass jeder sich sagen musste: »Bei diesem Menschen ist die Wäsche und die moralischen Eigenschaften von prima Qualität!« Die Behandlung der entblößten rechten Hand (in der linken mit schwedischem Handschuh bekleidet, hielt er den bis zur Spiegelglätte gebügelten Hut, auf dessen Boden der andere Handschuh lag), die Behandlung dieser rechten Hand, die er bescheiden, aber entschlossen Sanin reichte, übertraf alles Denkbare: Jeder Nagel war für sich eine Vollkommenheit!

Darauf teilte er in ausgezeichnetem Deutsch mit, dass er dem Herrn Fremden, der seinem zukünftigen Verwandten, dem Bruder seiner Braut, einen so großen Dienst erwiesen, seine Hochachtung und Dankbarkeit bezeugen wolle; dabei führte er die linke Hand, die den Hut hielt, nach der Richtung des Platzes von Emil, der sich, wie beschämt, zum Fenster gewandt hatte und einen Finger im Munde hielt. Herr Klüber fügte hinzu, dass er sich glücklich schätzen würde, wenn er seinerseits dem Herrn Ausländer etwas Angenehmes erweisen könnte. Sanin antwortete nicht ohne Zwang und gleichfalls deutsch, dass er sehr erfreut sei … dass der Dienst, den er geleistet, nur gering sei … und bat die Herrn, Platz zu nehmen. Herr Klüber dankte und ließ sich, die Schöße seines Fracks rasch aufnehmend, auf den Stuhl nieder – ließ sich so leicht nieder und saß darauf so wenig, dass man nur zu klar sah, dass dieser Mensch nur aus Höflichkeit sich gesetzt habe, und sofort auffliegen werde. – Und wirklich, er flog in die Höhe, änderte wie beim Tanze ein paarmal seine Fußstellung und erklärte, dass er leider nicht länger bleiben könne, da er nach seinem Laden eilen müsse: das Geschäft vor allem! – Doch da morgen Sonntag sei, so habe er mit Zustimmung von Frau Lenora und Fräulein Gemma eine Landpartie nach Soden vorbereitet, zu der er den Herrn Fremden einzuladen hiermit die Ehre habe und sich mit der Hoffnung schmeichle, dass dieser nicht abschlagen werde, dieselbe durch seine Gegenwart zu verschönern. Sanin schlug die Verschönerung nicht ab – und Herr Klüber empfahl sich zum zweiten Male und ging weg, das Beinkleid von der zartesten Erbsfarbe lieblich schimmern und ebenso angenehm die Sohlen der allerneuesten Stiefel knarren lassend.

9.

Emil, der noch immer am Fenster stand, selbst nach der Einladung von Sanin, Platz zu nehmen, machte sofort, als sein zukünftiger Verwandter weggegangen war, links kehrt – und fragte Sanin mit kindlicher Verlegenheit und errötend, ob er noch ein bisschen bei ihm bleiben dürfe? – »Ich fühle mich heute viel wohler«, fügte er hinzu, »doch der Doktor hat mir zu arbeiten verboten.«

»Freilich, bleiben Sie! Sie stören mich nicht im Geringsten!«, rief sofort Sanin, der als echter Russe froh war, den ersten besten Vorwand zu ergreifen, um nicht in die Lage zu kommen, selbst etwas tun zu müssen.

Emil dankte, und war in der kürzesten Zeit vollständig vertraut mit Sanin und dessen Wohnung, er betrachtete seine Sachen, fragte beinahe bei jeder, wo sie gekauft sei und welchen Wert sie habe?

Er half Sanin beim Rasieren, wobei er bemerkte, dass demselben ein Schnurrbart prachtvoll stehen würde; teilte ihm endlich eine Masse Einzelheiten über seine Mutter, seine Schwester, über Pantaleone, selbst über den Pudel Tartaglia – kurz über ihr ganzes Leben und Treiben mit. Jede Spur von Schüchternheit war bei Emil verschwunden; er fühlte sich plötzlich unwiderstehlich zu Sanin hingezogen – und gar nicht deshalb, weil dieser ihm den Tag zuvor das Leben gerettet, sondern weil dieser eben ein so sympathischer Mensch war. Er ermangelte nicht, Sanin alle seine Geheimnisse mitzuteilen. Mit besonderer Lebhaftigkeit vertraute er, dass die Mutter aus ihm durchaus einen Kaufmann machen wolle, er aber wisse, wisse genau, dass er zum Künstler, Musiker oder Sänger geboren sei; das Theater sei sein wirklicher Beruf; Pantaleone bekräftige ihn darin, doch Herr Klüber halte es mit der Mutter, auf die er einen großen Einfluss übe, dass sogar der Gedanke, aus ihm einen Händler zu machen, eigentlich Herrn Klüber gehöre, nach dessen Begriffen nichts in der Welt sich mit dem Stande eines Kaufmannes vergleichen könne! Tuch und Samt zu verkaufen – das Publikum zu betrügen, ihm Narren- oder Russenpreise abzunehmen, das sei sein Ideal![1]

»Nun, jetzt ist es Zeit, zu uns zu kommen!«, rief er, sobald Sanin seine Toilette beendet und den Brief nach Berlin geschrieben hatte.

»Jetzt ist es noch zu früh«, bemerkte Sanin.

»Das schadet nicht«, entgegnete Emil, sich an ihn schmiegend. »Gehen wir! Wir gehen nach der Post und von da zu uns. Gemma wird sich so freuen! Sie werden bei uns frühstücken … Sie werden

---

[1] In früheren Zeiten – auch jetzt ist es noch der Fall – wurden, wenn gegen Monat Mai, eine große Menge Russen in Frankfurt erschienen, die Preise in allen Läden erhöht und bekamen den Namen »Russen-«, und leider »Narrenpreise«.

vielleicht bei der Mutter ein Wörtchen über mich, über meine Bestimmung fallen lassen.«

»Gut, gehen wir«, sagte Sanin – und sie gingen hin.

10.

Gemma war wirklich froh über Sanins Kommen, und Frau Lenora begrüßte ihn sehr freundlich: Man sah, dass er den Tag vorher den besten Eindruck auf beide Damen gemacht hatte. Emil lief weg, um das Frühstück anzuordnen und flüsterte zuvor Sanin ins Ohr: »Vergessen Sie es nicht!«

»Ich vergesse es nicht«, antwortete Sanin.

Frau Lenora war nicht ganz wohl; sie litt an Migräne, und bemühte sich, halb liegend im Sessel bewegungslos zu bleiben. Gemma hatte einen weiten, gelben Hausrock an, der mit schwarzem, ledernem Gurte zusammengehalten war; sie schien ebenfalls müde zu sein und war ein wenig blass; dunkle Ringe beschatteten ihre Augen, doch der Glanz derselben wurde dadurch nicht vermindert, die Blässe aber verlieh den streng klassischen Zügen ihres Gesichtes etwas Geheimnisvolles und Anmutiges. Sanin bewunderte am Tage namentlich die zierliche Schönheit ihrer Hände; wenn sie ihre dunklen, glänzenden Locken ordnete und sie in die Höhe fasste, da konnte sein Blick sich nicht von ihren geschmeidigen, langen Fingern trennen, die sich daraus wie bei der Rafael'schen Fornarina abhoben.

Draußen war es sehr heiß, nach dem Frühstück versuchte Sanin, sich zu entfernen, doch man bemerkte ihm, dass an einem solchen Tage es am allerbesten sei, sich nicht vom Platze zu rühren – und er war damit einverstanden. In dem hinteren Zimmer, in dem er mit seinen Wirtinnen saß, herrschte Kühle; die Fenster desselben gingen in einen kleinen, ganz mit Akazien bewachsenen Garten hinaus. Eine Menge Bienen, Wespen, Hummeln summten zusammen und hungrig in den dichten, mit goldenen Blüten übergossenen Ästen derselben, durch die halb geöffneten Fensterläden und durch die heruntergelassenen Vorhänge summte es ohne Aufhören in das Zimmer hinein: Alles zeugte von der Schwüle, die draußen herrschte – und umso süßer wurde die Kühle dieser geschützten und behaglichen Häuslichkeit.

Sanin sprach wie gestern viel, doch nicht über Russland und russisches Leben. In der Absicht, seinem jungen Freunde, der sofort nach dem Frühstück zu Herrn Klüber, sich in der Buchhaltung zu üben, geschickt worden, zu dienen, lenkte er das Gespräch auf die gegenseitigen Licht- und Schattenseiten der Kunst und des Handelsstandes. Er wunderte sich nicht, dass Frau Lenora für den Handel Partei ergriff – das hatte er erwartet, doch auch Gemma war ihrer Meinung.

»Wenn du Künstler bist, und namentlich Sänger«, behauptete sie, energisch die Hand von oben nach unten führend, »so musst du durchaus den ersten Platz einnehmen. Der zweite taugt schon nichts, und wer weiß, ob du den ersten Platz erlangen kannst?«

Pantaleone, der am Gespräche teilnahm (als langjährigem Diener und älterem Manne war ihm sogar gestattet, in Gegenwart der Herrschaft zu sitzen; die Italiener sind überhaupt nicht streng hinsichtlich der Etikette), Pantaleone freilich war entschieden für die Kunst. Man muss gestehen, dass seine Gründe ziemlich schwach waren: Er sprach beständig davon, dass man *un certo estro d'inspirazione*, einen gewissen poetischen Hauch der Begeisterung besitzen müsse! Frau Lenora bemerkte ihm, dass auch er wahrscheinlich diesen *estro* besessen habe – und trotzdem … »Ich hatte Feinde!«, entgegnete finster Pantaleone. – »Woher weißt du« – bekanntlich duzen sich die Italiener leicht – »dass Emil keine Feinde haben wird, wenn sich auch in ihm dieser *estro* offenbart?« – »Nun, dann machen Sie aus ihm einen Händler«, rief Pantaleone mit Ärger, »doch Giovanni Battista hätte anders gehandelt, obgleich er ein Konditor war!«

28

– »Giovanni Battista, mein Mann, war ein vernünftiger Mann, und wenn er sich in seiner Jugend hinreißen ließ ...« Doch der Alte wollte nichts mehr hören und entfernte sich, nachdem er vorwurfsvoll noch einmal »Giovan' Battista!« gerufen ...

Gemma rief, dass, wenn Emil genug Vaterlandsliebe fühle und alle seine Kräfte der Befreiung von Italien widmen wolle, man allerdings für eine so hohe und heilige Sache die gesicherte Zukunft opfern könne – aber nicht für das Theater! Hier wurde Frau Lenora aufgeregt und bat ihre Tochter inständig, doch den Bruder nicht vom rechten Wege abzubringen und sich zu begnügen, dass sie selbst eine so schreckliche Republikanerin sei! Nach diesen Worten stöhnte Frau Lenora und beklagte sich über ihren Kopf, der dem Platzen nahe sei (Frau Lenora sprach aus Achtung für den Gast französisch).

Gemma schickte sich sofort an, sich mit ihrer Pflege zu beschäftigen: Sie hauchte sanft auf ihre Stirne, nachdem sie dieselbe vorher mit Eau da Cologne gefeuchtet hatte, sie küsste sachte ihre Wangen, schob ein Kissen unter ihren Kopf, verbot ihr zu sprechen – und küsste sie wieder. Dann erzählte sie, zu Sanin gewandt, halb scherzend, halb gerührt, was für eine ausgezeichnete Mutter sie habe und welche Schönheit sie gewesen. »Was sage ich: gewesen? Sie ist noch jetzt – entzückend! Sehen Sie, sehen Sie bloß, was sie für Augen hat!«

Gemma zog rasch ein weißes Taschentuch hervor und bedeckte das Gesicht der Mutter, und langsam es von oben nach unten ziehend, deckte sie allmählich die Stirn, die Augenlider und die Augen der Frau Lenora auf; wartete ein wenig und bat sie, dieselben zu öffnen. Diese gehorchte, Gemma schrie vor Entzücken auf (die Augen der Frau Lenora waren wirklich schön) und, schnell das Taschentuch über die untere, weniger regelmäßige Hälfte des Gesichtes ziehend, küsste sie die Mutter wieder. Frau Lenora lachte, wandte sich etwas ab und suchte mit erkünstelter Anstrengung die

Tochter zurückzudrängen. Diese stellte sich ebenfalls, als ob sie mit der Mutter ringe und schmiegte sich an dieselbe – doch nicht nach Katzenart, nicht auf französische Manier, aber mit jener italienischen Grazie, bei der man stets die Gegenwart der Kraft fühlt.

Endlich erklärte Frau Lenora, dass sie müde sei … Gemma riet ihr, ein wenig zu schlafen, hier im Sessel; »wir aber mit dem Herrn Russen – *avec le monsieur Russe* – werden ganz, ganz stille sein … wie kleine Mäuse – *comme les petites souris*«. Frau Lenora lächelte statt aller Antwort ihr zu, schloss die Augen, seufzte ein wenig und schlummerte ein. Gemma ließ sich behände neben ihr auf eine Bank nieder und regte sich nicht mehr; nur führte sie zuweilen den Finger der einen Hand – mit der anderen stützte sie das Kissen unter dem Kopfe der Mutter – zu den Lippen und lispelte leise, Sanin von der Seite anblickend, wenn dieser sich die leiseste Bewegung gestattete. Zuletzt saß derselbe ebenfalls unbeweglich, wie leblos, wie verzaubert da, mit allen Kräften seiner Seele das Bild in sich aufnehmend, welches ihm gegenübertrat, sowohl in diesem halbdunklen Zimmer, wo hier und da wie lichte Punkte die frischen, üppigen Rosen in altmodischem grünen Gläsern in Purpur schillerten, als auch in der eingeschlafenen Frau mit den bescheiden hingelegten Armen und dem guten, ermüdeten Gesichte, welches das blendende Weiß des Kissens umfasste – und in diesem jungen, wachsamen und ebenfalls guten, klugen, reinen und unaussprechlich schönen Wesen mit so schwarzem tiefen, mit Schatten übergossenen und doch so glänzen-den Augen …

»Was ist das? Traum? Märchen? Und wie kommt er hierher?

11.

An der Türe nach der Straße ließ sich die Klingel hören. Ein junger Bauernbursche mit Pelzmütze und roter Weste trat in die Konditorei. Vom frühen Morgen an hatte sich noch kein Käufer blicken lassen ...

»Solche Geschäfte machen wir!«, hatte beim Frühstück Frau Lenora mit einem Seufzer zu Sanin gesagt. Sie schlief weiter. Gemma hatte Angst, die Hand hinter dem Kissen vorzuziehen und flüsterte zu Sanin:

»Gehen Sie, verkaufen Sie statt meiner!« Sanin begab sich sofort auf den Zehen in den Laden.

Der Bursche wollte ein Viertel Pfund Pfefferminzkuchen haben.

»Was habe ich von ihm zu bekommen?«, fragte Sanin durch die Türe Gemma zuflüsternd.

»Sechs Kreuzer«, antwortete sie ihm ebenfalls leise. Sanin wog ein Viertel Pfund ab, suchte Papier, machte daraus eine Tüte, wollte die Kuchen hineinschütten, schüttete sie vorbei, bei wiederholtem Versuche schüttete er sie wiederum vorbei, gab sie endlich hin und bekam das Geld.

Der Bursche, der seine Mütze auf dem Bauch zusammendrückte, sah ihn verwundert an und im Nebenzimmer wollte Gemma, den Mund fest geschlossen haltend, sich fast zu Tode lachen. Kaum hatte sich dieser Käufer entfernt, da kam der zweite, dann der dritte ...

»Ich habe wohl eine glückliche Hand!«, dachte Sanin. Der zweite verlangte Orgeade, der dritte ein halbes Pfund Konfekt. Sanin befriedigte sie, eifrig mit den Löffeln klimpernd, die Untertassen herumschiebend und die Finger kühn in Kasten und Büchsen steckend. Bei der Berechnung stellte sich heraus, dass er die Orgeade zu billig gelassen, für das Konfekt zwei Kreuzer zu viel bekommen hatte. Gemma hörte nicht auf, still zu lachen und Sanin selbst fühlte eine unbeschreibliche Lustigkeit, eine besonders glückliche Gemütsstimmung. Eine Ewigkeit wäre er hinter dem Ladentisch gestanden, hätte mit Orgeade und Konfekt gehandelt, während das liebe Wesen mit den freundlich-schelmischen Augen ihn durch die Türe anblickt, die Sonne durch die mächtige Blätterschicht der vor dem Fenster auf der Straße wachsenden Kastanien dringend, das ganze Zimmer mit dem grünlichen Golde der Mittagsstrahlen füllt und das Herz in der süßen Lust der Trägheit, der Sorglosigkeit und der Jugend, der urwüchsigen Jugend, schwelgt!

Der vierte Gast verlangte eine Tasse Kaffee.

Man musste sich an Pantaleone wenden (Emil war vom Herrn Klüber noch nicht zurückgekehrt), Sanin setzte sich wieder neben Gemma. Frau Lenora schlummerte immerfort, zur großen Freude ihrer Tochter.

»Bei der Mutter vergeht während des Schlafens die Migräne«, bemerkte sie. Sanin sprach flüsternd über sein »Geschäft«, erkundigte sich in allem Ernst nach den Preisen verschiedener Konditorwaren; Gemma teilte ihm ebenso ernst diese Preise mit und unterdessen lachten beide innerlich, als ob sie fühlten, dass sie die lustigste Komödie spielten. Plötzlich ließ auf der Straße ein Leierkasten die Arie aus dem Freischütz: »Durch die Felder, durch die Auen ...« hören. Die weinerlichen Klagetöne des Instrumentes erklangen zitternd und pfeifend in der regungslosen Luft.

Gemma fuhr auf: »Er weckt die Mutter!« Sanin lief sofort auf die Straße, gab dem Leiermann einige Kreuzer, hieß ihn schweigen und sich entfernen. Als er zurückgekehrt war, dankte ihm Gemma mit leichtem Kopfnicken und, nachdenklich lächelnd, fing sie selbst, kaum hörbar, die hübsche Melodie von Weber, in welcher Max alle Bedenken der ersten Liebe ausdrückt, zu singen an. Dann fragte sie Sanin, ob er den Freischütz kenne, ob er Weber liebe und fügte hinzu, dass, obgleich sie selbst Italienerin sei, sie solche Musik über alles liebe. Von Weber kam das Gespräch auf Poesie und Romantik, auf Hoffmann, welcher zu jener Zeit von allen gelesen wurde.

Und Frau Lenora schlummerte immerzu, ja schnarchte selbst ein wenig, und die Strahlen der Sonne, in schmalen Streifen durch die Läden dringend, bewegten sich und wanderten zwar unmerklich, doch rastlos auf der Diele, über die Möbel, über das Gewand Gemmas, über die Blätter der Blumen.

12.

Es zeigte sich, dass Hoffmann in nicht allzu großem Ansehen bei Gemma stand, dass sie ihn sogar – langweilig fand! Das fantastisch dunkle, nordische Element seiner Erzählungen war nur wenig ihrer lichten, südlichen Natur zugänglich. »Das sind lauter Märchen, das alles ist für Kinder geschrieben!«, äußerte sie nicht ohne Geringschätzung. Der Mangel an Poesie bei Hoffmann wurde von ihr ebenfalls dunkel empfunden. Doch eine Erzählung, deren Namen sie übrigens vergessen, gefiel ihr außerordentlich; eigentlich gefiel ihr aber bloß der Anfang dieser Erzählung; ihr Ende hatte sie entweder nicht gelesen, oder ebenfalls vergessen. Es handelte sich um einen jungen Mann, der irgendwo, ich glaube in einer Konditorei, einem Mädchen von erstaunlicher Schönheit, einer Griechin, begegnet; diese wird vom einem geheimnisvollem sonderbaren und bösartigen Greise begleitet. Der junge Mann verliebt sich vom ersten Blicke in das Mädchen; sie sieht ihn so trostlos an, als ob sie ihn anflehte, sie zu befreien … Er entfernt sich für einen Augenblick – in die Konditorei zurückgekehrt, findet er weder das Mädchen noch den Greis; leidenschaftlich forscht er nach den beiden, er findet beständig ganz frische Spuren von ihnen, eilt ihnen nach – und vermag auf keine Weise, nirgends, nie sie einzuholen. – Die Schöne entschwindet ihm für alle Ewigkeit – und nicht imstande ist er, ihren flehenden Blick zu vergessen, und es plagt ihn der Gedanke, dass vielleicht sein ganzes Glück seinen Händen entschlüpft ist ...

Schwerlich hat Hoffmann seine Erzählung in dieser Weise beendet, doch so hatte sie sich bei Gemma gestaltet, war so in ihrer Erinnerung geblieben.

»Es scheint mir«, sagte sie, »dass solches Begegnen und Trennen häufiger in der Welt vorkomme, als wir denken.« Sanin schwieg und sprach einen Augenblick nachher ... über Herrn Klüber. Es war das erste Mal, dass er desselben erwähnte; bis zu diesem Augenblicke hatte er sich seiner nicht einmal erinnert.

Gemma ihrerseits schwieg, wurde nachdenklich und ein wenig auf den Nagel ihres Zeigefingers beißend, wandte sie die Augen nach der Seite. Dann lobte sie ihren Bräutigam, erwähnte der von ihm auf Morgen vorbereiteten Landpartie und, nach einem raschen Blick auf Sanin, schwieg sie wieder.

Sanin wusste nicht, worüber er sprechen solle.

Emil kam geräuschvoll hereingelaufen und weckte Frau Lenora. Sanin war froh, dass er gekommen. Frau Lenora stand vom Sessel auf. Es erschien Pantaleone und eröffnete, dass das Mittagessen fertig sei. Der Hausfreund, der Ex-Sänger und Diener, verwaltete ebenfalls das Amt des Koches.

13.

Sanin blieb auch nach dem Mittagmahle. Wieder unter dem Vorwand der großen Hitze ließ man ihn nicht fort, und als diese vergangen, schlug man ihm vor, nach dem Garten zu gehen, um im Schatten der Akazien Kaffee zu trinken. Sanin willigte ein. Er fühlte sich sehr wohl. In der einförmigen und ruhigen Strömung des Lebens sind große Reize enthalten, und er überließ sich ihnen mit Entzücken, nichts Besonderes vom heutigen Tage verlangend, aber auch nicht über den künftigen nachdenkend und des gestrigen sich nicht erinnernd. Welchen Wert hatte schon die bloße Nähe eines Mädchens wie Gemma? Er wird sie bald verlassen, und wahrscheinlich für immer; doch solange derselbe Kahn, wie in der Romanze von Uhland, sie beide auf den bemeisterten Lebensfluten dahin führt – freue dich, genieße, Wanderer! Und alles erschien dem glücklichen Wanderer angenehm und lieb.

Frau Lenora schlug ihm vor, sich mit ihr und Pantaleone in »Tresette« zu messen. Sie lehrte ihn dieses einfache italienische Kartenspiel, gewann von ihm einige Kreuzer, und er war zufrieden; Pantaleone ließ auf die Bitte von Emilio den Pudel alle seine Kunststücke durchmachen, und Tartaglia sprang über den Stock, »sprach«, d.h. bellte, nieste, machte die Türe mit der Nase zu, brachte einen ausgetragenen Pantoffel seines Herrn, und stellte endlich, mit alter Soldatenmütze auf dem Kopf, den Marschall Bernadotte dar, welcher für seinen Verrat die bittersten Vorwürfe vom Kaiser Napoleon I. hören muss. Napeleon stellte natürlich Pantaleone vor – und gab ihn äußerst gelungen: Er kreuzte die Arme über die Brust, setzte sich den dreieckigen Hut tief bis zu den Augen auf und sprach, grob und anmaßend, französisch, doch Himmel! – *welches* Französisch! Tartaglia saß vor seinem Herrscher ganz zusammengekauert, mit eingeklemmtem Schwanz, verlegen blinzelnd und die Augen, unter dem Schirm der schief aufgesetzten Soldatenmütze, zusammendrückend; von Zeit zur Zeit, wenn Napoleon die Stimme erhob, stellte sich Bernadotte auf die Hinterpfoten. »*Fuori, traditore!*« schrie endlich Napoleon in seinem szenischen Eifer vergessend, dass er bis zu Ende seinem französischen Charakter treu zu bleiben habe – und Bernadotte lief kopfüber unter den Diwan, doch sprang er sofort mit freudigem Bellen hervor, auf diese Weise gewissermaßen bekannt gebend, dass die Vorstellung zu Ende sei. Alle Zuschauer lachten sehr viel – doch Sanin am meisten.

Gemma war ein allerliebstes, nettes, unausgesetztes, doch stilles, mit kleinen drolligen Aufschreien untermischtes Lachen eigen ... Sanin wurde es so wohlig von diesem Lachen ums Herz – totgeküsst hätte er sie für dieses Aufschreien!

Endlich kam die Nacht. Man musste vernünftig sein! Nachdem er mehrere Mal sich von allen verabschiedet und jedem wiederholt »Auf morgen!« gerufen hatte (mit Emil wechselte er selbst Küsse) ging Sanin nach Hause und trug das Bild des jungen, bald lachenden, bald nachdenklichen, ruhigen und selbst kaltblütigen – und doch stets so anziehenden Mädchens mit sich fort! Ihre Augen bald weit geöffnet, hell und freudig wie der Tag, bald von den Augenwimpern halb bedeckt, dunkel und tief wie die Nacht, schienen immer ihn anzublicken, sonderbar und süß alle anderen Gebilde und Vorstellungen durchdringend.

An Herrn Klüber, an die Ursache, die ihn in Frankfurt zu bleiben bewogen, kurz an alles, was ihn die Nacht vorher so beunruhigt hatte, dachte er kein einziges Mal.

14.

Ein paar Worte sind endlich über Sanin selbst zu sagen.

Erstens war er gar nicht übel: stattlicher, schlanker Wuchs, angenehme, ein wenig verschwindende Gesichtszüge, freundlich bläuliche Augen, helles, goldenes Haar, weiße mit frischem Rot eingehauchte Gesichtsfarbe – und vor allem jener gutmütig lustige, vertrauende, aufrichtige, vom ersten Anblick selbst etwas beschränkt scheinende Gesichtsausdruck, an dem man sofort in früheren Zeiten die Söhne unserer adeligen »Steppen«-Familien, die Muttersöhnchen, in unseren grenzenlosen Steppengegenden geboren und aufgefüttert, erkennen konnte – ein schleppendes Gehen, leises etwas zischendes Sprechen, Lächeln wie beim Kinde, das man anblickt ... endlich die Frische, die Gesundheit – und Weichheit, grenzenlose Weichheit des ganzen Wesens – da haben Sie Sanin. Ferner war er nicht dumm, und hatte auf seiner Reise ins Ausland etwas gelernt: Die dunklen, stürmischen Gefühle, welchen der bessere Teil damaliger Jugend ausgesetzt war, waren ihm fern geblieben.

In den letzten Jahren hat man in unserer Literatur nach langem, vergeblichem Suchen nach »neuen Leuten« Jünglinge vorzuführen angefangen, die sich entschlossen haben, frisch zu erscheinen, frisch wie Flensburger Austern, die im Winter nach Petersburg gebracht werden … Sanin glich ihnen nicht. Da wir einmal auf Vergleiche gekommen sind, so erinnerte Sanin an einen jungen, vollen, unlängst angepfroften Apfelbaum unserer humusreichen Gärten, oder noch mehr an ein gut gepflegtes, glattes, dickfüßiges, zartes, dreijähriges Pferd unserer früheren herrschaftlichen Gestüte, das man eben an einem Strick zu laufen zwingt. Diejenigen, die Sanin später, als das Leben gehörig an ihm gerüttelt und das in den jungen Jahren angefütterte Fett verschwunden war, kennenlernten, erblickten in ihm freilich einen ganz anderen Menschen.

Am nächsten Tage lag Sanin noch im Bett, als Emil in Sonntagskleidern, mit einem Stückchen in der Hand und stark pomadiert, in sein Zimmer hineinstürmte und erklärte, dass Herr Klüber sofort mit dem Wagen erscheinen werde, dass das Wetter ausgezeichnet zu bleiben verspreche, dass bei ihnen bereits alles fertig sei, die Mutter jedoch, die wieder an Kopfschmerzen leide, nicht mitfahren werde. Er trieb Sanin, soweit schicklich, zur Eile, indem er versicherte, man habe keinen Augenblick zu verlieren … Und wirklich: Herr Klüber fand Sanin noch mit seiner Toilette beschäftigt. Er klopfte, kam herein, grüßte, verbeugte den ganzen Körper, äußerte seine Bereitwilligkeit zu warten, so lange es beliebe und setzte sich, den Hut zierlich auf die Knie stützend. Der wohlgestaltete Kommis hatte sich bis aufs Äußerste fein gemacht und parfümiert, jede seiner Bewegungen wurde von einem stets zunehmenden Zuströmen des feinsten Aromas begleitet. Er war in einem bequemen, offenen Wagen angekommen, einem sogenannten Landauer, der von zwei starken, großen, wenn auch nicht schönen Pferden gezogen wurde. In diesem Wagen fuhren nach einer Viertelstunde Sanin, Klüber, Emil feierlich bei der Tür der Konditorei vor. Frau Roselli weigerte sich entschieden, an der Landpartie teilzunehmen; Gemma wollte bei der Mutter bleiben, doch diese jagte sie fort, wie man scherzhaft sagt.

»Ich brauche niemand«, versicherte sie; »ich werde schlafen. Ich hätte selbst Pantaleone mit euch geschickt – doch wer soll beim Geschäft bleiben?«

»Kann man Tartaglia mitnehmen?«, fragte Emil.

»Freilich kann man es.«

Tartaglia kletterte mit freudigem Gebell auf den Bock, setzte sich und beleckte sich; man sah, dass das, was vorging, ihm nichts Ungewohntes war. Gemma setzte einen Strohhut mit braunen Bändern auf; der Vorderrand desselben war nach unten gebogen und schützte beinahe ihr ganzes Gesicht vor der Sonne. Die Schattenlinie hörte gerade bei den Lippen auf; sie glänzten zart und jungfräulich in Purpurfarbe wie die Blätter der Zentifolie, hinter ihnen blitzten die Zähne wie verstohlen hervor und zeigten sich harmlos wie im Munde der Kinder. Gemma nahm mit Sanin den Hauptsitz ein, Klüber und Emil saßen ihnen gegenüber. Die bleiche Gestalt der Frau Lenora zeigte sich am Fenster, Gemma winkte mit dem Taschentuch, und die Pferde setzten sich in Bewegung.

15.

Soden, ein kleines Städtchen etwa eine halbe Stunde von Frankfurt, liegt in reizender Lage an den Ausläufern des Taunus und ist bei uns in Russland durch seine Quellen, die Leuten, welche an schwacher Brust leiden, nützlich sein sollen, berühmt. Die Frankfurter fahren meist zu ihrer Zerstreuung hin, da Soden einen prachtvollen Park mit zahlreichen Wirtschaften besitzt, wo man im Schatten hoher Linden und Buchen Kaffee und Bier trinkt. Der Weg von Frankfurt nach Soden zieht sich längst des rechten Mainufers. Er ist an beiden Seiten mit Fruchtbäumen bewachsen. Solange der Wagen auf der schönen Chaussee rollte, beobachtete Sanin verstohlen, wie Gemma mit ihrem Bräutigam umgehe: Er sah sie beide zum ersten Male zusammen. Sie war ruhig und einfach – doch etwas zurückhaltender und ernster als sonst; er erinnerte an einen nachsichtigen Lehrer, der sich selbst und seinen Anbefohlenen ein bescheidenes und stilles Vergnügen erlaubt hat. Ein besonderes Hofmachen Gemma gegenüber, das, was die Franzosen *empressement* nennen, konnte Sanin bei ihm nicht bemerken. Man sah, dass Herr Klüber alles für ausgemacht hielt, und daher keinen Grund sah, sich zu bemühen und sich aufzuregen. Die Nachsicht aber verließ ihn für keinen Augenblick! Selbst während des großen Spazierganges in den waldigen Bergen und Tälern hinter Soden, der vor dem Mittagessen unternommen wurde, die Schönheiten der Natur bewundernd, verhielt sich Klüber selbst ihr, der Natur, gegenüber mit derselben Nachsicht, durch welche zuweilen die Strenge des Vorgesetzten zum Vorschein kam. So bemerkte er von einem Bache, dass er zu gerade durch das Tal fließe, statt einige malerische Biegungen zu machen; er billigte nicht die Ausführung eines Vogels, eines Finken, der nicht genug Abwechslung in seinen Gesang bringe! Gemma langweilte sich nicht und schien sogar Vergnügen zu haben, doch die frühere Gemma konnte Sanin in ihr nicht erkennen: Nicht als ob eine Wolke sie umhüllte, ihre Schönheit war noch nie so strahlend gewesen, doch ihre Seele war in sich, nach innen gekehrt. Mit ausgebreitetem Schirm, mit unaufgeknöpften Handschuhen spazierte sie, gesetzt, langsam, wie artige Mädchen spazieren, und sprach wenig. Emil fühlte sich auch gezwungen – und Sanin noch mehr. Er war schon davon unangenehm berührt, dass das Gespräch beständig in deutscher Sprache geführt wurde. Tartaglia allein fühlte sich wohl. Mit tollem Gebell jagte er den ihm begegnenden Krammetsvögeln nach, sprang über Gräben, über Baumstümpfe und gefällte Baume, warf sich mit Wut ins Wasser, schlürfte es hastig, schüttelte sich, bellte und rannte wieder wie ein Pfeil, die rote Zunge fast bis zu den Schultern ausstreckend. Herr Klüber machte seinerseits alles, was er zur Belustigung der Gesellschaft für nötig hielt; er schlug vor, sich im Schatten einer üppigen Eiche zu setzen – und, aus der Tasche ein kleines Buch mit dem Titel: »Knallerbsen – oder du sollst und wirst lachen« ziehend, fing er, die auf Witz Anspruch machenden Anekdoten, mit denen das Buch gefüllt war, vorzulesen an. Er trug über ein Dutzend vor, doch erregten sie nur wenig Lustigkeit: Sanin allein ließ aus Höflichkeit, als hätte er gelacht, die Zähne sehen, und er selbst, Herr Klüber, ließ nach jeder Anekdote ein kurzes, geschäftliches – und doch nachsichtiges Lachen vernehmen. Um zwölf Uhr mittags kehrte die ganze Gesellschaft nach Soden in die beste Wirtschaft zurück.

Man musste an das Mittagessen denken.

Herr Klüber schlug vor, das Mittagessen in einem geschlossenen Gartenhäuschen, dem »Gartensalon« einzunehmen, doch Gemma rebellierte und erklärte, dass sie nicht anders als im Garten, an einem der sich vor dem Restaurant befindenden runden Tischchen essen werde; es sei ihr zu einförmig, stets dieselben Gesichter zu sehen, sie wolle andere sehen! An einigen Tischen saßen bereits neu angekommene Gäste.

Während Herr Klüber, wohlwollend der Kaprize seiner Braut nachgebend, sich mit dem Oberkellner beraten ging, stand Gemma unbeweglich, mit gesenkten Augen und zusammengepressten Lippen; sie fühlte, dass Sanin sie unaufhörlich gleichsam forschend betrachtete – und dies schien sie zu ärgern. Endlich kam Klüber zurück, erklärte, das Mittagessen würde in einer halben Stunde fertig sein, und schlug vor, bis dahin Kegel zu schieben, indem er hinzufügte, »das sei dem Appetit dienlich, he, he, he!« Er schob meisterhaft Kegel; die Kugel werfend gab er sich einen äußerst kühnen Anstrich, setzte seine Muskeln mit Zierlichkeit in Bewegung, holte zierlich mit dem Fuße aus. Er war in einer Art ein Athlet, so prachtvoll war er gebaut! Dabei waren seine Hände so weiß und schön, und er wischte sie an einem so reichen, bunt und goldgefärbten indischen Foulard ab.

Der Augenblick des Mittagessens war gekommen, und die ganze Gesellschaft nahm an dem Tischchen Platz.

16.

Wer weiß nicht, was ein deutsches Mittagessen ist? Eine wässerige Suppe mit unförmlichen Klößen und Muskat, ausgekochtes Rindfleisch, trocken wie ein Korb mit angewachsenem Stück weißen Fett, mit wässerigen Kartoffeln, aufgedunsenen Rüben und gekautem Meerrettich, Karpfen in Blau mit Kapern und Essig, Braten mit Eingemachtem, und die unausbleibliche Mehlspeise, etwas Puddingartiges, mit rotem, säuerlichem Aufguss; dafür aber auch ausgezeichneter Wein und köstliches Bier. Mit solchem Mittagessen traktierte der Sodener Restauranteur seine Gäste. Das Mittagessen verlief übrigens glücklich. Besonders lebhaft ging es allerdings nicht zu; selbst dann nicht, als Herr Klüber einen Toast vorschlug für das, »was wir lieben«. Alles ging eben zu steif und anständig zu. Nach dem Essen brachte man dünnen, rötlichen, kurz deutschen Kaffee. Herr Klüber bat als echter Kavalier bei Gemma um die Erlaubnis, eine Zigarre anzuzünden … Doch da ereignete sich etwas Unvorgesehenes, wirklich Unangenehmes und selbst Unanständiges!

An einem der benachbarten Tischchen hatten einige Offiziere der Mainzer Garnison Platz genommen.

Aus ihren Blicken und ihrem Flüstern konnte man leicht erraten, dass die Schönheit von Gemma ihre Aufmerksamkeit auf sich gezogen hatte; einer von ihnen, der wohl Gelegenheit gehabt, in Frankfurt zu sein, blickte sie beständig wie eine ihm gut bekannte Persönlichkeit an, er wusste augenscheinlich, wer sie sei. Plötzlich erhob er sich und näherte sich mit dem Glase in der Hand – die Herren Offiziere hatten tüchtig getrunken und ihr Tisch war ganz von Flaschen bedeckt – dem Tische, an welchem Gemma saß. Es war ein sehr junger, ganz blonder Mann mit ziemlich angenehmen, selbst sympathischen Gesichtszügen; doch der genossene Wein verunstaltete dieselben: Seine Wangen bewegten sich krampfhaft hin und her, die entzündeten Augen irrten umher und blickten frech. Seine Kameraden versuchten ihn anfangs zurückzuhalten, doch ließen sie ihn gehen: Geschehe was da wolle – was wird daraus entstehen?

Ein wenig auf den Füßen wankend, blieb der Offizier vor Gemma stehen und rief mit herausgedrängter und geschriener Stimme, in der man doch den Kampf mit sich selbst bemerken konnte: »Ich trinke auf das Wohl der schönsten Kaffeemamsel in ganz Frankfurt und der ganzen Welt« – hier stürzte er das Glas hinunter – »und nehme mir zum Lohne diese Blume, die von Ihren göttlichen Fingern gepflückt ist.« Und er nahm die vor Gemmas Teller liegende Rose. Sie war erstaunt, erschrocken und schrecklich bleich … dann empört, sie wurde ganz rot bis zu den Haaren, und ihre Augen, gerade auf ihren Beleidiger gerichtet, zu gleicher Zeit sich verdunkelnd und ganz flammend, nahmen einen finsteren Ausdruck an und sprühten im Feuer des unbezähmbaren Zornes. Dieser Blick machte den Offizier sichtbar verlegen; er brachte etwas Unverständliches hervor, verbeugte sich – und kehrte zu den anderen zurück.

Herr Klüber erhob sich plötzlich von seinem Stuhle, reckte sich, so weit es ging, in die Höhe, setzte seinen Hut auf und rief mit Würde, doch nicht allzu laut: »Unerhört! Unerhörte Frechheit!« Er rief sofort den Kellner und verlangte mit strenger Stimme die

Rechnung … doch damit begnügte er sich nicht: Er ließ den Wagen anspannen, wobei er erklärte, dass anständige Leute hierher nicht kommen können, da sie Beleidigungen ausgesetzt seien. Bei diesen Worten lenkte Gemma, die immer regungslos auf ihrem Platze saß – nur ihre Brust wogte hoch und ungestüm – ihre Augen auf Herrn Klüber … und sah ihn ebenso scharf, mit demselben Blick, wie den Offizier an. Emil zitterte förmlich vor Wut.

»Stehen Sie auf, mein Fräulein«, sagte mit derselben Strenge Herr Klüber, »Sie können anstandshalber hier nicht bleiben. Wir wollen in die inneren Zimmer gehen!«

Gemma stand schweigend auf, er bot ihr seinen Arm an, den sie annahm, und er begab sich mit majestätischem Gange, welcher, ebenso wie seine ganze Haltung immer höher, immer stolzer wurde, je weiter er sich vom Platze, an dem das Mittagessen stattgefunden, entfernte. Der arme Emil schleppte sich ihnen nach. Während Klüber die Rechnung an den Kellner bezahlte, dem er zur Strafe keinen einzigen Kreuzer Trinkgeld gab, eilte Sanin mit schnellen Schritten dem Tische der Offiziere zu, wandte sich an den Beleidiger Gemmas (dieser gab seinen Kameraden die von ihm mitgebrachte Rose zu riechen) und sagte mit bestimmtem Tone auf Französisch: »Das, was Sie, geehrter Herr, eben getan haben, ist unwürdig eines Ehrenmannes, unwürdig der Uniform, die Sie tragen und ich komme Ihnen zu erklären, dass Sie ein schlecht erzogener, frecher Bursche sind!«

Der junge Offizier sprang auf, doch ein anderer älterer Offizier hielt ihn durch eine Handbewegung zurück, ließ ihn niedersetzen und fragte, zu Sanin gewandt, ebenfalls französisch, ob er ein Verwandter, Bruder oder Bräutigam der Dame sei?

»Ich bin ihr ganz fremd«, rief Sanin, »ich bin ein Russe und kann nicht gleichgültig eine solche Frechheit ansehen; übrigens hier ist meine Karte und Adresse; der Herr Offizier wird mich aufsuchen können.«

Mit diesen Worten legte Sanin seine Visitkarte auf den Tisch und ergriff rasch Gemmas Rose, die einer der am Tische sitzenden Offiziere in seinen Teller hatte fallen lassen. Der junge Offizier wollte wieder aufspringen, sein Kamerad hielt ihn wieder mit den Worten: »Dönhof, sei still«, zurück. Dann erhob er sich, führte die Hand zu seiner Mütze, und sagte Sanin nicht ohne Anflug von Achtung in Stimme und Manieren, dass morgen früh ein Offizier ihres Regimentes die Ehre haben werde, ihn aufzusuchen. Sanin erwiderte mit kurzem Gruße und kehrte zu seinen Freunden zurück.

Herr Klüber stellte sich, als hätte er weder die Abwesenheit Sanins, noch dessen Auseinandersetzung mit dem Offizier bemerkt; er trieb den Kutscher, der die Pferde anspannte, zur Eile und war sehr aufgebracht über seine Langsamkeit. Gemma sagte ebenfalls kein Wort zu Sanin, blickte ihn nicht einmal an: Aus ihren zusammengezogenen Augenbrauen, aus ihren blassen und zusammengepressten Lippen, aus ihrer Bewegungslosigkeit selbst konnte man leicht erraten, wie ihr zumute war. Emil allein suchte sichtlich Sanin zu sprechen, ihn auszufragen: Er hatte gesehen, wie Sanin zu den Offizieren herangegangen, wie er ihnen etwas Weißes – ein Stück Papier, Zettel oder Karte gereicht. Das Herz des armen Jünglings pochte stark, seine Wangen glühten, er hätte sich auf Sanins Brust werfen, hätte weinen mögen, und wäre bereit gewesen, sofort zusammen mit ihm alle diese widrigen Offiziere blau zu schlagen! Doch hielt er sich zurück und begnügte sich, jede Bewegung seines edlen russischen Freundes zu beobachten.

Endlich waren die Pferde angespannt: Alle setzten sich in den Wagen. Emil folgte Tartaglia auf den Bock – dort war es ihm bequemer, auch sah er da Klüber nicht, den er nicht gleichgültig ansehen konnte.

Während des ganzen Weges überließ sich Herr Klüber seiner Beredsamkeit – und zwar er allein; niemand, durchaus niemand entgegnete ihm; auch war niemand seiner Meinung. Er bestand namentlich
darauf, dass man ihm leider nicht gehorcht habe, als er vorgeschla-
gen, im abgeschlossenen Gartenhäuschen zu speisen. Da wären
keine Unannehmlichkeiten entstanden! Dann ließ er einige scharfe
und selbst liberale Äußerungen fallen, dass die Regierung auf unver-
zeihliche Weise die Offiziere bevorzuge, nicht streng genug die
Disziplin unter denselben überwache und nicht genug das bürgerli-
che Element der Sozietät achte, und wie dadurch mit der Zeit Unzufriedenheit erzeugt werde, von welcher bis zur Revolution nur
ein Schritt sei, wovon wir ein trauriges Beispiel (hier seufzte er mit
Teilnahme, aber zugleich mit Strenge) in Frankreich haben! Doch
fügte er sofort hinzu, dass er persönlich der Autorität volle Ehrfurcht
zolle und niemals … niemals … Revolutionär werden würde, doch
könne er nicht umhin, angesichts einer solchen Zerfahrenheit seine
… Missbilligung zu äußern! Dann fügte er noch einige allgemeine
Betrachtungen über Moral und Sittenlosigkeit, über Anstand und
über Ehrgefühl hinzu! Während dieses ganzen Redeflusses fing
Gemma, die seit Beginn des Spazierganges mit Herrn Klüber nicht
allzu zufrieden zu sein schien – darum hielt sie sich auch in bestän-
diger Entfernung von Sanin und war durch seine Gegenwart wie
verlegen – offenbar sich ihres Bräutigams zu schämen an! Am Ende
der Fahrt litt sie sichtbar, und obgleich sie wie früher Sanin nicht
ansprach, warf sie ihm plötzlich einen flehenden Blick zu. Seinerseits
fühlte er vielmehr Mitleiden für Gemma, als Unwillen gegen Klüber;
alles am Tage Vorgefallene verschaffte ihm sogar innerlich ein un-
bestimmtes Gefühl der Freude, obgleich er morgen eine Herausfor-
derung zu erwarten hatte.

Endlich hatte die peinliche Lustpartie ihr Ende erreicht. Gemma
beim Heraussteigen aus dem Wagen helfend, drückte ihr Sanin,
ohne ein Wort zu sagen, die von ihm zurückgenommene Rose in

die Hand. Sie errötete, drückte fest seine Hand und verbarg die Blume. Er wollte nicht zu Frau Roselli eintreten, obgleich der Abend erst anfing; sie lud ihn nicht ein. Überdies erklärte der an der Tür erscheinende Pantaleone, dass Frau Lenora bereits schlafe. Emilio verabschiedete sich verlegen von Sanin; er schien selbst vor ihm Angst zu haben, so sehr bewunderte er ihn. Herr Klüber brachte Sanin nach dem Gasthause und empfahl sich in seiner gezwungenen Weise. Dem so regelrecht eingerichteten Deutschen war es trotz seines ganzen Selbstbewusstseins etwas unbequem zumute. Doch auch den anderen ging es nicht besser.

Bei Sanin zerstreute sich jedoch das Gefühl der Beengung rasch. Eine unbestimmte, jedoch angenehme, entzückte Stimmung folgte der früheren Beengung. Er ging im Zimmer herum, wollte an gar nichts denken, pfiff und war sehr mit sich zufrieden.

17.

Ich will den Herrn Offizier bis 10 Uhr erwarten, dachte er am anderen Morgen an seiner Toilette sitzend, und dann mag er mich suchen! Doch die Deutschen stehen früh auf: Zehn Uhr hatte noch nicht geschlagen, als bereits der Kellner Sanin meldete, dass der Herr Unterleutnant von Richter ihn zu sprechen wünsche. Sanin zog sich rasch den Rock an und ließ den Herrn »bitten«. Herr von Richter war gegen die Erwartung Sanins ein sehr junger Mann, beinahe ein Knabe. Er bemühte sich, seinem bartlosem Gesicht ein wichtiges Aussehen zu verleihen, doch es wollte ihm gar nicht gelingen: Er konnte nicht einmal seine Verlegenheit verbergen. – Sich niedersetzend verwickelte er sich in dem Säbelriemen und wäre beinahe gefallen. Stockend und stotternd erklärte er Sanin in schlechtem Französisch, dass er im Auftrage seines Freundes, des Barons von Dönhof, gekommen sei und dieser Auftrag bestehe darin, den Herrn von Sanin zu ersuchen, sich wegen der gestern von ihm gebrauchten beleidigenden Ausdrücke zu entschuldigen, im Falle aber, dass Herr von Sanin dies ablehne, verlange Baron von Dönhof Satisfaktion. Sanin antwortete, dass er sich zu entschuldigen nicht die Absicht habe, Satisfaktion aber zu geben bereit sei. Dann fragte Herr von Richter, mit wem, zu welcher Stunde er die nötigen Besprechungen führen solle? Sanin bat ihn, in etwa zwei Stunden zurückzukommen, denn bis dahin werde er sich bemühen, seinerseits einen Sekundanten zu finden. (»Wen nehme ich zum Teufel zum Sekundanten?«, dachte er sich dabei.) Herr von Richter stand auf und wollte sich verabschieden, doch blieb er an der Türschwelle stehen, als ob er Gewissensbisse fühle und erklärte, zu Sanin gewandt, dass sein Freund, Baron von Dönhof, sich seinerseits nicht verheimliche, dass auch er gewissermaßen am gestrigen Vorfalle Schuld habe, und sich daher mit leichten Entschuldigungen, den *exghizes léchéres*, begnügen werde. Darauf erwiderte Sanin, dass er keine Entschuldigungen, weder schwere noch leichte, abzugeben geneigt sei, da er sich durchaus nicht für schuldig halte. »In diesem Falle«, entgegnete Herr von Richter und wurde noch mehr rot, »wird man freundliche Schüsse, des *goups de bisdolet à l'amiaple,* wechseln müssen.«

»Das verstehe ich schon gar nicht«, bemerkte Sanin. »Sollen wir etwa in die Luft schießen?«

»Oh, nicht so, nicht das«, lallte der gänzlich konfus gewordene Unterleutnant, »doch ich vermutete, dass, da die Sache unter anständigen Leuten ausgetragen werden soll … Ich werde mit ihrem Sekundanten sprechen«, unterbrach er sich selbst und entfernte sich.

Sobald er weggegangen, ließ sich Sanin auf einen Stuhl nieder und heftete seinen Blick auf die Diele.

»Was soll das? Welch plötzlicher Umschwung in seinem Leben? Alles Vergangene, alles Zukünftige hatte sich verschleiert, ist verschwunden – es bleibt nur, dass ich in Frankfurt bin und mich mit jemand für etwas schieße.« Eine alte, verrückte Tante kam ihm in den Sinn, die stets herumtanzte und sinnlos vor sich hinsang – und auch er fing wie sie zu tanzen und zu singen an. – »Doch man muss handeln und nicht die Zeit verlieren!«, rief er laut, sprang auf und sah vor sich Pantaleone mit einem Zettel in der Hand stehen.

»Ich habe bereits ein paarmal geklopft, doch Sie antworteten nicht! Ich glaubte bereits, Sie seien nicht zu Hause«, sagte der Alte und reichte ihm den Zettel. »Von Signora Gemma.«

Sanin nahm den Zettel mechanisch, entsiegelte und las ihn. Gemma schrieb ihm, dass sie um die Angelegenheit, die er kenne, sehr besorgt sei, und ihn sofort sehen möchte.

»La Signorina ist sehr beunruhigt«, fing Pantaleone an, dem augenscheinlich der Inhalt bekannt war. »Sie befal mir nachzusehen, was Sie machen und Sie zu ihr zu führen.«

Sanin blickte den alten Italiener an und wurde nachdenklich. Ein Gedanke ging ihm plötzlich auf. Anfangs erschien er ihm bis zur Unmöglichkeit sonderbar ...

»Übrigens warum denn nicht?«, fragte er sich selbst. »Herr Pantaleone!«, rief er laut.

Der Alte schüttelte sich, verbarg sein Kinn in das Halstuch und glotzte Sanin an.

»Sie wissen«, fuhr Sanin fort, »was gestern vorgefallen ist?«

Pantaleone kaute an seinen Lippen und schüttelte seine ungeheure Haarmasse. »Ich weiß es.«

(Emilio hatte, kaum zurückgekehrt, ihm alles erzählt.)

»So, Sie wissen es! – Nun hören Sie Folgendes: Mich hat soeben ein Offizier verlassen; jener freche Bursche hat mich gefordert. Ich habe seine Forderung angenommen. Doch habe ich keinen Sekundanten. Wollen Sie nicht mein Sekundant sein?«

Pantaleone erzitterte und hob seine Augenbrauen so hoch, dass dieselben gänzlich unter den herabhängenden Haaren verschwanden.

»Sie müssen sich durchaus schlagen?«, fragte er endlich italienisch. (Bis dahin hatte er französisch gesprochen.)

»Durchaus. Anders handeln – hieße sich für immer mit Schande bedecken.«

»So. – Wenn ich ihr Sekundant zu sein abschlage, so würden Sie sich einen anderen suchen?«

»Allerdings ...«

Pantaleone wurde nachdenklich. – »Doch erlauben Sie mir zu fragen, Signor de Zanini, ob nicht ihr Duell ein schlechtes Licht auf die Reputation einer Person werfen werde ...?«

»Ich glaube nicht; doch dem sei, wie es wolle – anders handeln kann man nicht!«

»So?« – Pantaleone zog sich ganz in sein Halstuch zurück. »Und dieser *ferroflucto Kluberio*, was macht er denn?«, rief er plötzlich und warf sein Gesicht nach oben.

»Er? Nichts.«

»Che!« Pantaleone zuckte mit einer Gebärde der Verachtung die Achseln.

»Ich muss in jedem Falle«, sagte er mit unsicherer Stimme, »Ihnen dafür danken, dass Sie trotz meiner gegenwärtigen Erniedrigung in mir einen anständigen Menschen, *un galant uomo* zu finden glaubten. Durch eine solche Handlungsweise haben Sie sich selbst als echter *galant uomo* gezeigt. Doch ich muss mir Ihr Anerbieten überlegen.«

»Die Zeit drängt, geehrter Ci... Cippa...«

»...tolla«, ergänzte der Alte. »Ich bitte mir bloß eine Stunde zum Nachdenken aus. Die Tochter meiner Wohltäter ist hierbei verwickelt. Und darum muss ich, bin ich verpflichtet zu überlegen! In einer Stunde ... in drei Viertelstunden werden Sie meinen Entschluss kennenlernen.«

»Gut, ich will warten.«

»Doch jetzt ... welche Antwort soll ich der Signorina Gemma bringen?« Sanin nahm ein Stück Papier, schrieb darauf: »Seien Sie unbesorgt, meine teure Freundin, etwa in drei Stunden komme ich zu Ihnen – und alles wird sich erklären. Danke Ihnen vom ganzen Herzen für Ihre Teilnahme«, und übergab diese Zeilen Pantaleone.

Er steckte sie bereits in die Seitentasche, rief noch einmal »in einer Stunde« und ging bereits zur Türe; doch da wandte er sich jählings um, lief zu Sanin, ergriff dessen Hand, drückte sie an seine Brust, richtete die Augen zum Himmel und rief:

»Edler Jüngling, großes Herz! (*Nobi giovanotto! Gran cuore!*) Erlauben Sie einem Greise, *a un vecchiotto,* Ihre männliche Rechte, *la vostra valorosa destra,* zu drücken!« Dann sprang er ein wenig zurück, bewegte beide Hände und entfernte sich.

Sanin blickte ihm nach. – Er nahm eine Zeitung und fing zu lesen an. Doch umsonst irrten seine Augen über die Zeilen: Er konnte nichts verstehen.

18.

Nach einer Stunde kam der Kellner wieder zu Sanin und reichte ihm eine alte, beschmutzte Visitenkarte, auf der folgende Worte standen: »Pantaleone Cippatola aus Varese, Hofkammersänger (*cantaute di camera*) Sr. Königl. Hoheit des Herzogs von Modena«. Hinter dem Kellner erschien auch Pantaleone selbst. Er hatte sich vom Kopfe bis zum Fuß umgezogen. Er hatte einen schwarzen Frack an, der braun geworden war und eine weiße Piquetweste; über die sich, künstlerisch geordnet, eine Tombackkette schlängelte; ein schweres Petschaft aus Karneol fiel auf die engen, mit Hosenklappe versehenen, schwarzen Beinkleidern herunter.

In der rechten Hand hielt er einen schwarzen Hut von Haasenhaar, in der linken zwei dicke, sämischlederne Handschuhe; sein

Halstuch war noch breiter, noch höher als sonst gebunden; im steifgestärkten Vorhemde steckte eine Nadel mit einem Steine, der »Katzenauge«, *oeil de chat*, genannt wird. Am Zeigefinger der rechten Hand prangte ein Siegelring, der zwei vereinigte Hände und zwischen denselben ein Herz darstellte. Nach einem Speicher von Kampfer und Moschus roch die ganze Persönlichkeit des Greises; die besorgte Feierlichkeit seiner ganzen Haltung hätte den gleichgültigsten Zuschauer in Staunen versetzt. Sanin ging ihm entgegen.

»Ich bin ihr Sekundant«, sagte Pantaleone französisch und verneigte sich mit dem ganzen Körper nach vorn, wobei er die Fußspitzen, wie Sänger tun, nach außen stellte. »Ich komme um Instruktionen. Sie wollen sich ohne Erbarmen schlagen?«

»Warum denn ohne Erbarmen, mein guter Herr Cippatola! Ich werde für keinen Preis in der Welt mein Wort von gestern zurücknehmen, doch ein Blutsauger bin ich nicht! ... Warten Sie einen Augenblick, gleich kommt der Sekundant meines Gegners. Ich werde in das Nebenzimmer gehen – und Sie werden mit ihm alles feststellen. Glauben Sie mir, ich werde ihre Gefälligkeit mein Leben lang nicht vergessen, und danke Ihnen vom ganzen Herzen.«

»Die Ehre geht allem vor!«, antwortete Pantaleone und ließ sich, ohne Sanins Einladung sich zu setzen abzuwarten, in einen Sessel nieder. »Wenn dieser *ferroflucto Spiccebubbio*«, fing er an, das Französische mit Italienischem durcheinander mengend, »wenn diese Krämerseele *Kluberio* seine erste Pflicht nicht begreifen konnte, oder Angst bekommen hat, desto schlimmer für ihn! ... Pfennigseele – und damit Punktum! ... Was aber die Bedingungen des Duells betrifft, so bin ich ihr Sekundant und ihre Interessen sind mir heilig! ... Als ich in Padua lebte, stand dort ein Regiment weißer Dragoner – ich verkehrte viel mit den Offizieren desselben – ihr ganzer Kodex ist mir gut bekannt. Auch mit Ihrem *principe Tarbuski* habe ich mich viel über diese Frage unterhalten ... Wann kommt der andere Sekundant?«

»Ich erwarte ihn jeden Augenblick – doch da kommt er schon«, fügte Sanin hinzu, nach der Straße blickend.

Pantaleone stand auf, sah nach der Uhr, setzte sich seinen Hut zurecht und steckte schnell ein weißes Bändchen, das unter den Hosen hervorblickte, in die Schuhe. Der junge Unterleutnant trat ein, ebenso rot und ebenso verlegen.

Sanin stellte die Sekundanten einander vor: »Mr. de Richter, Souslieutenant – Mr. Zippatola, Artiste!« Der Leutnant zeigte einige Verwunderung beim Anblicke des Alten. – Was hätte er gesagt, wenn ihm jemand in diesem Augenblicke zugeflüstert hätte, dass der ihm vorgestellte »Artiste!« sich auch mit der Kochkunst abgebe! – Doch Pantaleone nahm eine solche Miene an, als ob Duelle zustande bringen eine ihm ganz geläufige Beschäftigung sei – wahrscheinlich halfen ihm dabei seine theatralischen Erinnerungen – und er spielte die Rolle des Sekundanten eben als Rolle. Sowohl er, als der Leutnant schwiegen einen Augenblick. »Wollen wir nicht anfangen?«, fragte zuerst Pantaleone, an seinem Petschaft spielend.

»Allerdings«, antwortete der Leutnant, »doch … die Gegenwart eines der Gegner …«

»Ich verlasse Sie sofort, meine Herren«, rief Sanin, verbeugte sich, ging in sein Schlafzimmer und schloss hinter sich die Türe ab.

Er warf sich aufs Bett und dachte an Gemma … Doch das Gespräch der Sekundanten drang zu ihm trotz der geschlossenen Tür. Es wurde französisch geführt; beide misshandelten diese Sprache ohne Erbarmen, jeder auf seine Art; Pantaleone erwähnte der Dragoner von Padua, des *Principe Tarbuski* – der Leutnant der »*exghizes léchéres*« und der »*goups à l'amiaple!*« Der Alte wollte aber von keinen »*exghizes*« hören! Zu großem Schreck Sanins fing er plötzlich seinem Gesellschafter von einer gewissen jungen unschuldigen Jungfrau, deren kleiner Finger allein mehr Wert habe als alle Offiziere der Welt, zu erzählen an … (*oune zeune damigella innoucenta, quà ella sola dans soun peiti doa vale più que toutt le zoufficis del mondo!*) und wiederholte einige Mal mit Feuer: »Das ist Schande, das ist Schande!« (*E ouna onta, onna onta!*) Der Leutnant erwiderte ihm anfangs nicht, doch nachher hörte man in der Stimme des jungen Mannes ein Zittern des Zornes und er bemerkte, dass er nicht gekommen sei, um moralische Sentenzen anzuhören.

»In Ihrem Alter ist es immerhin nützlich, die Wahrheit zu hören!«, rief Pantaleone.

Die Verhandlungen der Herren Sekundanten wurden mehrere Male stürmisch; sie dauerten über eine Stunde und endigten mit der Festsetzung der folgenden Bedingungen: Baron von Dönhof und Herr von Sanin werden sich morgen um zehn Uhr des Morgens in einem kleinen Wäldchen bei Hanau in der Entfernung von zwanzig Schritt schießen; jeder hat das Recht, zweimal auf das von dem Sekundanten gegebene Zeichen zu schießen. Die Pistolen sind ohne Stecher und nicht gezogen. Herr von Richter entfernte sich, Pantaleone aber öffnete feierlich die Tür des Schlafzimmers, verkündete das Resultat der Verhandlungen und rief wiederum: »*Bravo Russo! Bravo giovanotto!* Du wirst Sieger sein.« Ein paar Minuten später begaben sich beide nach der Konditorei von Roselli. Sanin nahm vorher Pantaleone das Ehrenwort ab, über dies alles die tiefste Verschwiegenheit zu bewahren. Statt aller Antwort hob der Alte den Finger in die Höhe, zog die Augen zusammen und flüsterte zweimal: »*Segretezza!*« (Verschwiegenheit!) Er schien jünger geworden zu sein und trat selbst freier auf. Alle diese unverhofften, wenn auch unangenehmen Ereignisse versetzten ihn lebhaft in jene Zeit, in der er selbst in die Lage kam, zu fordern, und Herausforderungen anzunehmen, allerdings auf der Bühne. Die Baritone sind bekanntlich sehr hitzig in ihren Rollen.

19.

Emil lief Sanin entgegen, schon über eine Stunde hatte er seines Kommens geharrt, er flüsterte ihm hastig ins Ohr, dass die Mutter nichts von der jetzigen Unannehmlichkeit wisse, dass man ihr selbst nichts anzudeuten brauche, dass man ihn wieder in den Laden schicke – doch werde er nicht hingehen und sich irgendwo verbergen. Nachdem er ihm dies alles rasch mitgeteilt, fiel er plötzlich auf Sanins Schulter, küsste ihn ungestüm und lief die Straße hinunter. In der Konditorei begegnete Sanin Gemma, sie wollte ihm etwas sagen und konnte nicht. Ihre Lippen zitterten ein wenig, die Augen zogen sich zusammen und irrten umher. Er beeilte sich, sie durch die Versicherung zu beruhigen, dass die Sache beendet sei, und zwar durch reine Kleinigkeiten.

»Heute war niemand bei Ihnen?«, fragte sie.

»Doch, eine Persönlichkeit, wir haben uns gegenseitig ausgesprochen … und sind zum besten Ergebnisse gekommen.« Gemma trat hinter den Ladentisch.

»Sie schenkt mir keinen Glauben!«, dachte Sanin, trat jedoch ins Nebenzimmer und fand dort Frau Lenora.

Ihre Migräne ist ihr vergangen, doch war sie melancholisch gestimmt. Sie lächelte ihm freundlich zu, erklärte ihm jedoch im Voraus, dass er sich heute mit ihr langweilen werde, da sie gar nicht imstande sei, ihn irgendwie zu unterhalten. Er setzte sich zu ihr und bemerkte, dass ihre Augenlider rot und geschwollen waren.

»Was fehlt Ihnen, Frau Lenora? Haben Sie wirklich geweint?«

»Tss!«, flüsterte sie und zeigte nach dem Zimmer, in dem sich ihre Tochter befand. – »Sagen Sie es nicht laut!«

»Worüber haben Sie denn geweint?«

»Ach, Herr Sanin, ich weiß selbst nicht worüber!«

»Es hat Sie doch niemand betrübt?«

»O nein! Mir ist plötzlich so wehmütig geworden. Ich erinnerte mich an Giovan Battista … an meine Jugend. Wie schnell ist das alles vergangen! Ich werde alt, mein Freund, und kann mich mit diesen Gedanken nicht versöhnen. Es scheint mir, ich selbst sei noch immer wie früher … doch das Alter, da ist es, da ist es!« In den Augen der Frau Lenora zeigten sich Tränen. »Ich sehe, Sie sehen mich an, und wundern sich … Doch werden Sie, mein Freund, ebenfalls alt werden, und werden erfahren, wie das bitter ist.«

Sanin fing an, sie zu trösten, erwähnte ihre Kinder, in denen ihre frühere Jugend aufblühe, versuchte selbst eine kleine Neckerei, indem er ihr versicherte, dass sie wohl Komplimente hören wolle, doch sie bat ihn ernstlich, aufzuhören, und er konnte sich hier zum ersten Male überzeugen, dass man über eine solche Trostlosigkeit des Altersbewusstseins, durch nichts trösten, durch nichts davon zerstreuen kann; man muss abwarten, bis sie von selbst vergeht. Er schlug ihr vor, mit ihm Tresette zu spielen – und hatte nichts Besseres erfinden können. Sie willigte sofort ein und schien heiterer zu werden.

Sanin spielte mit ihr bis zum Mittagessen und nach dem Mittagessen wiederum. Pantaleone nahm auch am Spiele teil. Noch nie war seine Haarmasse so tief in die Stirn gefallen, noch nie verschwand sein Kinn so tief im Halstuch! Jede seiner Bewegungen atmete solche konzentrierte Wichtigkeit, dass bei seinem Anblicke unwillkürlich der Gedanke auftauchte: Welches Geheimnis mag wohl dieser Mensch mit voller Festigkeit hüten?

Doch – *Segretezza, sagretezza!* Er bemühte sich während des ganzen Tages auf alle mögliche Weise Sanin seine tiefste Hochachtung zu bezeugen; beim Essen reichte er, feierlich und entschieden, an den Damen vorübergehend, die Speisen ihm zuerst, während des Kartenspieles überließ er ihm das Kaufen, wagte nicht ihn remis zu machen; erklärte ohne jeden Anlass, dass die Russen – das großmütigste, tapferste und entschlossenste Volk der Welt seien!

»Ach, der alte Schmeichler!«, dachte Sanin für sich.

Sanin wunderte sich nicht so sehr über die unerwartete Gemüts-stimmung der Frau Roselli, als über das Benehmen ihrer Tochter ihm gegenüber. Sie vermied ihn nicht – nein, im Gegenteil, sie setzte sich stets in seine unmittelbare Nähe, hörte seinen Reden zu, blickte ihn an; doch wollte sie entschieden sich mit ihm in kein Gespräch einlassen, und sobald er sie ansprach, erhob sie sich sanft von ihrem Platze und entfernte sich still für einige Augenblicke. Dann erschien sie wieder, setzte sich wieder in eine Ecke und saß regungslos, wie sinnend und in Zweifeln befangen und hauptsächlich ihren Zweifeln hingegeben … Frau Lenora selbst bemerkte endlich das Sonderbare ihres Benehmens und fragte sie ein paarmal, was ihr fehle?

»Nichts«, antwortete Gemma, »du weißt, ich bin manchmal so.«

»Das ist wahr«, stimmte ihr die Mutter bei.

So verlief dieser lange Tag, weder lebhaft noch träge, weder heiter noch langweilig. Hätte sich Gemma anders benommen, so hätte Sanin – wer weiß es? – nicht der Versuchung, sich ein wenig zu zieren, widerstehen können, oder er hätte sich einfach dem Gefühle der Trauer wegen einer möglichen, vielleicht ewigen Trennung hingegeben … Doch da es ihm kein einziges Mal gelingen wollte, mit Gemma zu sprechen, so musste er sich begnügen, während einer Viertelstunde vor dem Abendkaffee Mollakkorde auf dem Piano anzuschlagen.

Emil kehrte spät zurück und verzog sich rasch, um dem Ausfragen über Herrn Klüber zu entgehen. Die Reihe, sich zu entfernen, kam dann an Sanin.

Er verabschiedete sich von Gemma. Unwillkürlich gedachte er des Abschiedes von Lenski von Olga in Puschkins »Onegin«. Er drückte ihre Hand innig und versuchte, ihr in das Gesicht zu blicken, doch sie wandte sich ein wenig ab und befreite ihre Finger.

20.

Sämtliche Sterne waren bereits an Ort und Stelle, als er auf die Straße kam. Und welche Menge großer, kleiner, gelber, roter, blauer, weißer Sterne war über den Himmel gesät! Wie schwärmten sie, wie wimmelten sie, um die Wette mit ihren Strahlen spielend. Der Mond stand nicht oben, doch auch ohne sein Licht war jeder Gegenstand deutlich in dem halbbeleuchteten, schattenlosen Dunkel sichtbar.

Sanin war an das Ende der Straße gekommen. Er wollte nicht sofort nach Hause gehen; er fühlte das Bedürfnis, in freier Luft herumzuschwärmen. Er kehrte zurück, woher er gekommen, und war noch nicht an das Haus gekommen, in dem sich die Konditorei von Roselli befand, als eines der nach der Straße gehenden Fenster plötzlich anschlug und geöffnet wurde. Im schwarzen Rahmen desselben (es war kein Licht im Zimmer) zeigte sich eine Frauengestalt und er hörte, dass man ihn rufe:

»Monsieur Dimitri!«

Er stürzte nach dem Fenster ... Gemma!

Sie lehnte mit dem Ellbogen am Fensterbrett und hatte sich nach vorn gebeugt.

»Monsieur Dimitri«, fing sie mit vorsichtig gedämpfter Stimme an, »schon während des ganzen Tages wollte ich Ihnen etwas geben ... doch konnte ich mich nicht dazu entschließen; jetzt erst, als ich Sie unerwartet wiedersah, dachte ich, es müsse so kommen ...«

Gemma hielt bei diesem Worte unwillkürlich ein; sie konnte nicht fortfahren; etwas Ungewöhnliches ereignete sich in diesem Augenblicke.

Plötzlich kam, mitten in der tiefsten Stille, bei vollständig wolkenlosen Himmel, ein solcher Windstoß herangeflogen, dass die Erde selbst, wie es schien, unter den Füßen bebte, die feinen Sternenlichter erzitterten und hin und her strömten, und die Luft selbst sich wie im Wirbel drehte. Der Windstoß, nicht kalt, sondern warm, beinahe glühend, stürzte sich auf die Bäume, auf das Dach und die Mauer des Hauses, über die Straße; er riss Sanin den Hut vom Kopfe, hob ihn in die Höhe und zerzauste die schwarzen Locken Gemmas.

Der Kopf Sanins reichte gerade bis zum Fenster, unwillkürlich lehnte er sich an dasselbe – und Gemma fasste mit beiden Händen seine Schultern an und drängte sich mit ihrem Busen an sein Haupt. Das Geräusch, das Klirren und Dröhnen dauerte eine Minute … Wie ein Schwarm riesiger Vögel raste dieser brausende Windstoß dahin … Wiederum herrschte die tiefste Stille.

Sanin richtete sich auf und sah vor sich ein so wunderschönes, erschrockenes, aufgeregtes Gesicht, so großartige, schreckliche, prachtvolle Augen, sah vor sich eine solche Schönheit, dass das Herz bei ihm erstarb. Er presste die feinen Haare der Locken, die auf seiner Brust ruhten, an seine Lippen und stammelte: »O Gemma!«

»Was war es? Ein Blitz?«, fragte sie weit umherblickend und ohne ihre entblößten Arme von seinen Schultern zu nehmen.

»Gemma!«, wiederholte Sanin.

Sie zitterte, sah rasch ins Zimmer zurück – und mit rascher Handbewegung aus dem Mieder die schon verwelkte Rose ziehend, reichte sie ihm dieselbe hinab.

»Ich wollte Ihnen diese Blume geben …«

Er erkannte die Rose, welche er gestern zurückeroberte …

Doch das Fenster hatte sich bereits geschlossen und hinter dem dunklen Glase war nichts mehr sichtbar, kein weißer Schimmer …

Sanin kehrte ohne Hut nach Hause zurück … Er hatte nicht einmal bemerkt, dass er denselben verloren.

21.

Er schlief erst am frühen Morgen ein. Und kein Wunder! Unter dem Schlage jenes plötzlichen Windstoßes hatte er ebenso plötzlich erkannt – nicht dass Gemma eine Schönheit, dass sie ihm gefalle – das wusste er bereits schon ... sondern, dass er wohl ... sie liebe! Plötzlich wie der Windstoß hatte sich seiner diese Liebe bemächtigt. Und hier dieses dumme Duell! Traurige Vorahnungen fingen ihn zu quälen an. Angenommen, man wird ihn nicht töten ... Was kann aber aus seiner Liebe zu diesem Mädchen, zur Braut eines anderen, werden? Selbst angenommen, dass dieser »Andere« ihm nicht gefährlich sei, dass Gemma ihn lieben werde, oder bereits ihn liebe ... Was – wird daraus? Wie wird alles kommen? Eine solche Schönheit ...

Er ging im Zimmer auf und ab, setzte sich zum Tische, nahm ein Blatt Papier, warf darauf einige Zeilen hin – und strich sie sofort aus. Er erinnerte sich der wundervollen Gestalt Gemmas im dunklen Fenster unter den Strahlen der Sterne, ganz zerzaust vom warmen Windstoß; er erinnerte sich ihrer Marmorarme, die den Armen der olympischen Göttinnen glichen, er fühlte ihr lebendiges Gewicht an seinen Schultern ... Und er ergriff die ihm zugeworfene Rose – und es schien ihm, als wenn von ihren halbverwelkten Blättern ein anderes, noch feineres Aroma, als der gewöhnliche Rosenduft sich verbreite ...

Und plötzlich tötet man ihn oder schießt ihn zum Krüppel?

Er legte sich nicht ins Bett – und schlief angezogen auf den Sofa ein.

Jemand berührte seine Schultern.

Er öffnete die Augen – und erblickte Pantaleone.

»Sie schlafen, wie Alexander der Große am Vorabend der Schlacht bei Babylon«, rief der Alte.

»Wie spät ist es denn?«, fragte Sanin.

»Gleich sieben Uhr, bis Hanau haben wir zwei Stunden zu fahren, und wir müssen die ersten am Platze sein. Die Russen kommen stets ihren Feinden zuvor! Ich habe den besten Wagen von Frankfurt aufgetrieben.«

Sanin begann sich zu waschen.

»Und wo sind die Pistolen?«

»Die Pistolen bringt jener *ferroflucto Tedesco*. Den Arzt bringt er auch mit.«

Pantaleone suchte sichtbar sich Mut zu machen, doch als er im Wagen neben Sanin Platz genommen, als der Kutscher mit der Peitsche knallte und die Pferde zu galoppieren anfingen, da ereignete sich mit dem Ex-Sänger und Freunde der Dragoner von Padua ein plötzlicher Umschwung. Es war, als wäre in ihm etwas umgestürzt, etwa eine schlecht aufgeführte Mauer.

»Übrigens, was machen wir eigentlich, mein Gott! Santissima Madonna!«, rief er plötzlich mit ungemein weinerlicher Stimme, und fasste sich an den Haaren. »Was mach ich, alter Narr! Verrückter, *frenetico*?«

Sanin war wie verwundert, lachte und erinnerte Pantaleone, seinen Arm sanft um ihn legend, an das französische Sprichwort: *Le rin est tiré, il faut le boire*. (Das Fass ist angezapft, man muss es austrinken).

»Ja, ja«, antwortete der Alte, »diesen Kelch werden wir mit Ihnen leeren – und doch bin ich ein Verrückter! Ja, ein Verrückter! Alles war so ruhig, so gut … und plötzlich: Ta-ta-ta, tra-ta-ta!«

»Wie das *tutti* im Orchester«, bemerkte Sanin mit gezwungenem Lächeln.

»Ich weiß, dass es sich nicht um mich handelt! Das hätte gefehlt! Doch immer ist es … eine waghalsige Handlung. Diavolo! Diavolo!«, wiederholte Pantaleone, seine Mähne schüttelnd und seufzend. Der Wagen aber rollte immer weiter und weiter.

Der Morgen war prachtvoll. Die Straßen Frankfurts, die sich kaum zu beleben anfingen, waren so reinlich, so gemütlich; die Fenster der Häuser erschienen in morgendem Glanz wie Staniol; und kaum war der Wagen an dem Schlagbaum vorbeigefahren, so erscholl von oben, vom blauen, aber noch nicht blendenden Himmel das laute Schlagen der Lerchen. Plötzlich erschien bei einer Biegung der Chaussee, hinter einer hohen Pappel eine bekannte Figur, machte einige Schritte vorwärts und blieb stehen. Sanin sah sie genau an – mein Gott! – es war Emil.

»Ist ihm denn etwas bekannt?«, wandte sich Sanin zu Pantaleone.

»Ich sage Ihnen ja, dass ich ein Verrückter bin!«, entgegnete in Verzweiflung, beinahe schreiend der Italiener. »Dieser unselige Knabe ließ mir die ganze Nacht keine Ruhe – und heute früh habe ich ihm alles mitgeteilt!« (Da haben wir die Segretezza, dachte Sanin.)

Der Wagen kam zu Emil heran, Sanin ließ die Pferde anhalten und rief den »unseligen« Knaben. Mit unsicheren Schritten kam Emil ganz blass, blass wie am Tage seines Anfalles, heran. Er konnte sich kaum auf den Füßen halten.

»Was machen Sie hier?«, fragte ihn Sanin mit Strenge. »Warum sind Sie nicht zu Hause?« – »Erlauben Sie mir … Erlauben Sie mir, mit Ihnen zu fahren«, lallte Emil mit zitternder Stimme – und kreuzte die Arme. Seine Zähne klapperten wie im Fieber. »Ich werde Sie nicht stören, nehmen Sie mich nur mit, nehmen Sie mich mit!«

»Wenn sie nur ein wenig Anhänglichkeit oder Achtung für mich fühlen«, sagte Sanin, »so werden Sie sofort entweder nach Hause oder in den Laden des Herrn Klüber zurückkehren, kein Wort sagen und meine Ankunft erwarten!«

»Ihre Ankunft«, stöhnte Emil – so viel hörte man deutlich, dann versagte seine Stimme ... »Wenn man Sie aber ...«

»Emil!«, unterbrach ihn Sanin und zeigte mit den Augen auf den Kutscher. »Kommen Sie zu sich! Bitte, Emil gehen Sie nach Hause. Gehorchen Sie mir, mein Freund! Sie versichern, dass Sie mich lieben. Ich bitte Sie nun darum!«

Er reichte ihm die Hand. Emil wankte nach vorn, schluchzte, presste sie an seine Lippen, und lief, den Weg verlassend, quer übers Feld, Frankfurt zu.

»Ebenfalls ein edles Herz!«, brachte Pantaleone hervor, doch Sanin sah ihn finster an. Der Alte drückte sich in die Wagenecke. Er sah ein, wie schuldig er war und außerdem wuchs sein Staunen von Minute zu Minute; ist er denn wirklich Sekundant geworden, hat er die Pferde besorgt, er alles vorbereitet und sein friedliches Zimmer um sechs Uhr morgens verlassen? Auch fingen die Füße ihn zu schmerzen an und waren in kläglicher Verfassung.

Sanin hielt es für nötig, ihn aufzurichten und fand das richtige Wort, indem er seine empfindliche Stelle berührte.

»Wo ist Ihr früherer Mut hin, geehrter Herr Cippatola? Wo ist – *il antico valor*?«

Signor Cippatola richtete sich auf und wurde finster.

»*Il antico valor?*«, rief er im Bass. »*Non è ancora spento* (Er ist noch nicht erloschen) *il antico valor!!*«

Er nahm eine würdevolle Haltung an, sprach von seiner Laufbahn, von der Oper, vom großen Tenor Garcia – und kam nach Hanau wie neu geboren. Wenn man es sich recht überlegt, so gibt es nichts so Wichtiges ... und zugleich so Kraftloses in der Welt, als das Wort.

22.

Das Wäldchen, in dem der Zweikampf stattfinden sollte, befand sich eine Viertel Meile hinter Hanau. Sanin und Pantaleone kamen zuerst an, wie der Letztere es auch vorausgesagt hatte. Sie ließen den Wagen am Saume des Waldes stehen und vertieften sich in das Dickicht der schattig und dicht dastehenden Bäume. Sie mussten beinahe eine Stunde warten.

Das Warten fiel Sanin nicht allzu schwer, er ging auf dem Wege auf und ab, hörte dem Gesange der Vögel zu, folgte dem Flug der Libellen und bemühte sich, wie die große Masse von russischem Schlage in solchen Fällen, an nichts zu denken. Nur einmal verfiel er ins Grübeln: Er bemerkte eine junge Linde, die aller Wahrscheinlichkeit vom gestrigen Windstoße zerbrochen war. Sie starb sichtlich hin … alle ihre Blätter welkten. »Was ist das? Ein Vorzeichen?«, ging es ihm durch den Kopf; doch er fing sofort zu pfeifen an, sprang über die Linde und ging weiter. Pantaleone brummte, schimpfte auf die Deutschen, ächzte, rieb sich bald den Rücken, bald die Knie. Er gähnte fast vor Aufregung, was seinem kleinen, eingetrockneten Gesichtchen den drolligsten Ausdruck verlieh. Sanin wäre beinahe bei seinem Anblick in Lachen ausgebrochen.

Endlich hörte man das Rollen der Räder auf dem Wege.

»Sie sind es!«, rief Pantaleone, richtete sich auf, nicht ohne ein flüchtiges, nervöses Zittern, das er übrigens mit dem Ausruf: »Brrrr!« und der Bemerkung, dass der Morgen sehr frisch sei, zu vertuschen sich beeilte. Ein starker Tau nässte Gräser und Blätter, doch drang bereits die Hitze mitten in den Wald.

Die beiden Offiziere zeigten sich bald unter den Bäumen; sie waren begleitet von einem kleinen, dicken Herrn mit phlegmatischem, wie verschlafenen Gesichte – es war der Militärarzt. Er trug in der einen Hand einen Krug Wasser – für jeden Fall; eine Tasche mit chirurgischen Instrumenten und Binden hing von seiner Schulter. Man sah, dass er an solche Exkursionen vollständig gewöhnt war, sie bildeten beinahe die Hauptquelle seiner Einnahmen: Jedes Duell brachte ihm acht Goldstücke, vier von jeder Partei. Herr von Richter trug den Kasten mit Pistolen. Herr von Dönhof führte in der Hand, wahrscheinlich des größeren »Chic« wegen, eine Reitgerte.

»Pantaleone«, flüsterte Sanin dem Alten zu, »wenn … wenn man mich tötet – alles kann ja verfallen – nehmen Sie aus meiner Seitentasche ein Papier heraus, in ihm ist eine Blume eingewickelt und geben Sie dies Papier an Fräulein Gemma. Hören Sie? Sie versprechen es mir?«

Der Alte sah ihn traurig an und nickte bejahend mit dem Kopfe … Doch Gott weiß, ob er verstand, was Sanin bei ihm erbat.

Die Gegner und Sekundanten tauschten Grüße aus; der Doktor allein regte sich nicht, und setzte sich gähnend ins Gras: »Mich gehen die Kundgebungen der ritterlichen Höflichkeit nichts an«, dachte er wohl.

Herr von Richter schlug Herrn »Tschi badola« den Platz zu wählen vor; Herr Cippatola antwortete, langsam die Zunge bewegend – die »Mauer« war bei ihm wieder eingestürzt – Herr von Richter möge nur handeln, er werde ihn beobachten.

Herr von Richter fing zu handeln an. Er fand im Walde ein allerliebstes, offenes, ganz mit Blumen übersätes Plätzchen, zählte die Schritte, kennzeichnete die äußersten Grenzen mit rasch zugespitzten Stäbchen, nahm die Pistolen aus dem Kasten heraus, setzte sich auf den Boden und schlug die Kugeln herein; kurz, er arbeitete und mühte sich ab aus allen Kräften, mit weißem Taschentuch beständig den Schweiß von seinem Gesichte trocknend.

Der ihn begleitende Pantaleone glich mehr einem frierenden Menschen. Während dieser Vorbereitungen standen die Gegner weit voneinander und erinnerten lebhaft an zwei bestrafte Schuljungen, die mit ihrem Lehrer schmollen.

Der entscheidende Augenblick kam.

Jeder nahm seine Pistole in die Hand.

Doch hier bemerkte Herr von Richter gegen Pantaleone, dass ihm, als dem älteren Sekundanten, nach den Regeln des Duelles obliege, bevor er das verhängnisvolle »Eins, zwei, drei!« ausspräche, sich zum letzten Male mit dem Vorschlage, sich zu versöhnen, an die Gegner zu wenden; dass, obgleich ein solcher Vorschlag nie eine Wirkung gehabt und eigentlich eine bloße Formalität sei, doch Herr Cippatola durch die Erfüllung dieser Formalität einen größeren Teil der Verantwortlichkeit von sich wälze; dass allerdings eine solche Anrede eigentlich die erste Pflicht des Unparteiischen sei, doch da sie einen solchen nicht hatten – er, Herr von Richter, gern dieses Vorrecht seinem geehrten Herrn Kollegen überlasse.

Pantaleone, der bereits hinter einem Busch verschwunden war, und zwar so, dass er den Beleidiger gar nicht sehen konnte, verstand anfangs nichts von dieser Rede, umso mehr, da sie durch die Nase gesprochen wurde; doch plötzlich raffte er sich auf, ging rasch nach vorn, schlug sich krampfhaft auf die Brust und schrie mit seiner rauen Stimme in seinem gemischten Dialekt: »*A la la la ... Che bestialit à Deux zeunòmmes comme ça que si battono – perche? Che Diavolo? Andate te a casa!*«

»Ich bin zur Versöhnung nicht geneigt«, rief schnell Sanin.

»Ich ebenfalls nicht«, wiederholte sein Gegner.

»Nun, so rufen Sie: Eins, zwei, drei!«, wandte sich Herr von Richter zum verblüfften Pantaleone.

Dieser verschwand sofort hinter dem Busche – und zusammengekauert, mit zugedrückten Augen und abgewandtem Kopfe, doch aus vollem Hals schrie er von dort: »Una ... due ... e tre!«

Sanin schoss zuerst – und traf nicht. Seine Kugel schlug an einem Baume an. Baron Dönhof schoss sofort nach ihm – absichtlich seitwärts in die Luft.

Es trat ein peinliches Schweigen ein … Niemand rührte sich vom Platze. Pantaleone seufzte still.

»Befehlen Sie fortzufahren?«, rief Dönhof.

»Warum haben Sie in die Luft geschossen?«, fragte Sanin.

»Das geht Sie nichts an.«

»Sie werden auch zum zweiten Male in die Luft schießen?«, fragte Sanin wieder.

»Vielleicht, ich weiß nicht.«

»Erlauben Sie, erlauben Sie, meine Herren«, fing von Richter an, »die Duellanten dürfen nicht miteinander sprechen. Das ist gar nicht in der Ordnung.«

»Ich verzichte auf meinen Schuss«, rief Sanin und warf die Pistole zur Erde.

»Ich will das Duell gleichfalls nicht fortsetzen«, rief von Dönhof und warf ebenfalls die Pistole weg.

»Überdies bin ich jetzt zu gestehen bereit, dass ich an jenem Tage unrecht hatte.«

Er rührte sich auf seinem Platze und erhob unentschlossen seine Hand. Sanin ging rasch auf ihn zu und drückte seine Hand. Beide jungen Leute sahen einander mit einem Lächeln an und die Gesichter beider erröteten.

»*Bravi! Bravi!*«, schrie plötzlich wie ein Verrückter Pantaleone und lief wie ein junger Stier, Beifall klatschend, aus dem Busche hervor; der Doktor, der seitwärts auf einem abgehauenen Baume saß, stand sofort auf, goss das Wasser aus dem Kruge und ging, sich träge hin und her wiegend dem Waldsaume zu. »Die Ehre ist befriedigt – das Duell beendet!«, erklärte von Richter.

»*Fuori!*«, schrie Pantaleone noch einmal wohl unter dem Einflusse der Erinnerung an Vergangenes.

Nachdem Sanin mit den Offizieren Grüße gewechselt und sich in den Wagen gesetzt hatte, fühlte er in seinem ganzen Wesen wenn nicht Vergnügen, doch eine gewisse Leichtigkeit, wie nach einer bestandenen Operation; doch auch ein anderes Gefühl regte sich in ihm, ein Gefühl, das dem der Scham glich. Falsch, dem abgekarteten, alltäglichen Offizier- und Studentenspiel ähnlich kam ihm dieser Zweikampf vor, in dem er eben eine Rolle gespielt hatte. Er erinnerte sich des phlegmatischen Doktors, er erinnerte sich, wie dieser lächelte, d.h. die Nase rümpfte, ihn mit Baron Dönhof fast Arm in Arm aus dem Walde heraustreten sehend. Und dann, als Pantaleone ihm die vier ihm zukommenden Dukaten auszahlte …

»Ja, ganz richtig war es nicht!« Sanin schämte sich … und doch, was hätte er tun sollen? Doch die Frechheit des jungen Offiziers nicht ungerügt lassen? Doch nicht dem Herrn Klüber ähnlich sein? Er war für Gemma eingetreten, hatte sie verteidigt … Das war alles ordnungsmäßig, und doch nagte etwas an seiner Seele, doch fühlte er Gewissensbisse und selbst Scham.

Pantaleone dagegen triumphierte förmlich. Der Stolz hatte sich seiner bemächtigt. Ein siegreicher General, von der gewonnenen Schlacht zurückkehrend, hätte nicht mit größerer Selbstzufriedenheit herumgeblickt … Sanins Benehmen während des Zweikampfes erfüllte ihn mit Entzücken. Er pries ihn als Helden, und wollte auf seine Ermahnungen und selbst Bitten nicht hören. Er verglich ihn mit einem Monument aus Marmor und Bronze, mit der Statue des Kommandeurs im Don Juan! Von sich selbst räumte er ein, eine gewisse Beklommenheit gefühlt zu haben – »doch ich bin ein Artist«, bemerkte er, »meine Natur ist nervös – Sie aber sind der Sohn des Schnees und der Granitfelsen.«

Sanin wusste gar nicht, wie er den in Ekstase geratenen Alten zähmen solle.

Beinahe an derselben Stelle des Weges, wo sie vor etwa zwei Stunden Emil getroffen, sprang derselbe wiederum hinter einem Baume hervor; mit freudigem Geschrei, mit der Mütze schwenkend und hüpfend stürmte er auf den Wagen los, wäre beinahe unter das Rad gekommen, kletterte, ohne zu erwarten, dass die Pferde angehalten würden, durch die geschlossene Wagentür hinein und klammerte sich fest an Sanin.

»Sie leben! Sie sind nicht verwundet«, wiederholte er. »Verzeihen Sie mir, ich konnte Ihnen nicht gehorchen, ich war nicht nach Frankfurt zurückgekehrt … Ich konnte es wirklich nicht! Ich habe Sie hier erwartet … Erzählen Sie mir, wie es war! Sie haben ihn … getötet?«

Sanin kostete es Mühe, Emil zu beruhigen und ihn sich setzen zu lassen.

Mit vielen Worten, mit sichtlichem Vergnügen teilte dagegen Pantaleone Emil alle Einzelheiten des Kampfes mit und verfehlte freilich nicht, des Monuments aus Bronze des Kommandeurs zu erwähnen. Er stand selbst von seinem Platze auf und machte, die Füße, um das Gleichgewicht zu behalten, auseinander breitend, mit gekreuzten Armen, verachtungsvoll zur Seite über die Schultern blickend, den leibhaften Kommandeur Sanin vor! Emil hörte ihm mit Andacht zu, von Zeit zu Zeit die Erzählung mit einem Ausruf unterbrechend, oder rasch aufspringend und ebenso rasch seinen heroischen Freund küssend.

Die Räder des Wagens rollten über das Pflaster von Frankfurt und hielten endlich vor dem Gartenhause an, in welchem Sanin wohnte.

Er stieg in Begleitung seiner Gefährten die Treppe nach dem ersten Stocke hinauf – als plötzlich aus dem dunklen Korridor mit raschen Schritten eine Frauengestalt hereintrat; ihr Gesicht war mit einem Schleier bedeckt; sie blieb vor Sanin stehen, wankte ein wenig zur Seite, seufzte ängstlich, lief rasch hinunter nach der Straße und verschwand zur größten Verwunderung des Kellners, welcher erklärte, dass diese Dame über eine Stunde das Kommen des Herrn Sanin erwartet habe. Wie vorübergehend ihre Erscheinung auch war, Sanin hatte doch Zeit, Gemma in ihr zu erkennen. Er erkannte ihre Augen unter der Seide des braunen Schleiers.

»Wusste Fräulein Gemma denn auch?«, rief er unzufrieden auf Deutsch zu Emil und Pantaleone, die ihm gefolgt waren, gewandt.

Emil errötete und wurde verlegen.

»Ich war gezwungen, ihr alles zu erzählen ...«, brachte er hervor. »Sie vermutete es – ich konnte nicht anders ... Jetzt hat es ja gar nichts zu bedeuten«, rief er lebhaft. »Alles hat sich ja zu gutem Ende gestaltet und sie hat Sie gesund und unversehrt gesehen.«

Sanin wandte sich ab.

»Was für Schwätzer seid ihr doch alle beide!«, rief er angehalten, trat in sein Zimmer und setzte sich auf seinen Stuhl.

»Seien Sie nicht böse«, bat Emil.

»Schon gut, ich werde nicht böse sein (Sanin war wirklich nicht böse, denn er konnte ja nicht wünschen, dass Gemma alles verborgen bliebe.) Schon gut ... Hören Sie auf, mich zu umarmen. Gehen Sie jetzt. Ich will allein bleiben und mich schlafen legen, ich bin sehr müde.«

»Ein prachtvoller Gedanke!«, rief Pantaleone. »Sie müssen Ruhe haben! Sie haben dieselbe verdient, edler Signore! Gehen wir, Emilio! Auf den Zehen! Auf den Zehen! Sch, Sch!«

Als er sagte, er wolle schlafen, hatte Sanin nur die Absicht, seine Gefährten loszuwerden; doch als er allein war, fühlte er eine schreckliche Müdigkeit in allen Gliedern: Die Nacht vorher hatte er ja beinahe gar nicht die Augen geschlossen. Er warf sich auf das Bett und schlief sofort ein.

23.

Einige Stunden schlief er wie ein Murmeltier. Dann träumte er, dass er ein Duell habe, doch als Gegner stehe ihm Herr Klüber gegenüber, und auf der Tanne sitze ein Papagei und dieser Papagei sei Pantaleone, und er wiederholte beständig, mit dem Schnabel anschlagend: »Einz, einz, einz, einz, einz, einz!«

»Einz, einz, einz!!«, hörte er ziemlich deutlich; er öffnete die Augen, erhob den Kopf ... Jemand klopfte an seiner Türe.

»Herein!«, rief Sanin.

Der Kellner erschien und meldete, dass eine Dame ihn durchaus sprechen wolle.

»Gemma!«, dachte Sanin ... doch die Dame war ihre Mutter, Frau Lenora.

Kaum eingetreten, sank sie auf einen Stuhl und weinte.

»Was fehlt Ihnen, meine gute, teure Frau Roselli?«, fing Sanin an, sich zu ihr setzend und freundlich ihre Hand ergreifend. »Was ist vorgefallen? Beruhigen Sie sich, ich bitte Sie darum.«

»Ach, Herr Dimitri, ich bin schrecklich ... schrecklich unglücklich!«

»Sie – unglücklich?«

»Ja, schrecklich! Und konnte ich das erwarten? Plötzlich wie der Blitz aus hellem Himmel ...«

Sie konnte kaum atmen.

»Was gibt es denn! Erklären Sie doch! Befehlen Sie ein Glas Wasser?«

»Nein, danke Ihnen.«

Frau Lenora trocknete mit dem Taschentuch die Augen und vergoss immer mehr Tränen. »Ich weiß ja alles! Alles ...«

»Das heißt, was alles?«

»Alles, was heute vorgefallen ist! Die Ursache ist mir ebenfalls bekannt! Sie haben wie ein edler Mensch gehandelt! Doch welch unglückliches Zusammentreffen von Ereignissen! Nicht umsonst gefiel mir die Landpartie nach Soden nicht ... nicht umsonst! (Frau Lenora hatte freilich am Tage dieser Fahrt nichts Ähnliches geäußert, doch jetzt glaubte sie fest, dass sie schon damals ›alles‹ vorher geahnt.) Ich komme daher zu Ihnen, wie zu einem edlen Menschen, wie zu einem Freunde, obgleich ich Sie erst vor fünf Tagen kennengelernt habe ... Doch ich bin eine Witwe; bin so verlassen! ... Meine Tochter ...«

Tränen erstickten die Stimme der Frau Lenora.

Sanin wusste nicht, was er denken solle. »Ihre Tochter?«, wiederholte er.

»Meine Tochter Gemma«, stöhnte Frau Lenora durch das von Tränen genässte Taschentuch, »hat mir heute erklärt, dass sie Herrn Klüber nicht heiraten will und ich ihm absagen müsse!«

Selbst Sanin rückte ein wenig auf seinem Platze; das hatte er nicht erwartet.

»Ich spreche gar nicht davon«, fuhr Frau Lenora fort, »dass es eine Schande ist, dass es noch nie gesehen worden, dass die Braut den Bräutigam verabschiede; doch es ist unser Verderben, Herr Dimitri!«

Frau Lenora wickelte gewissenhaft und fest ihr Taschentuch zu einem ganz kleinen Knäuel zusammen, als ob sie ihr ganzes Leid in dasselbe hätte einschließen wollen.

»Von dem Ertrage unseres Ladens können wir nicht länger bestehen, Herr Dimitri! Herr Klüber ist aber sehr reich und wird noch reicher. Und weshalb soll man ihm absagen? Deshalb, weil er seine Braut nicht in Schutz genommen hat? Zugegeben, dass es seinerseits nicht ganz hübsch war, so ist er doch ein Zivilist, und er dürfte als solider Kaufmann den leichtsinnigen Streich eines unbekannten

Offiziers unbeachtet lassen. Und was war das für eine Beleidigung, Herr Dimitri?«

»Erlauben Sie, Frau Lenora, Sie scheinen mich zu verurteilen ...«

»Nicht im Geringsten verurteile ich Sie, nicht im Geringsten! Bei Ihnen ist es ein anderer Fall; Sie sind wie alle Russen ein Militär ...«

»Verzeihen Sie, ich bin ...«

»Sie sind ein Ausländer, ein Durchreisender; ich bin Ihnen sehr dankbar«, fuhr Frau Lenora fort, ohne Sanin anzuhören. Sie konnte kaum atmen, bewegte ihre Hände hin und her, wickelte das Taschentuch wieder auseinander und schnäuzte sich. Aus der Weise allein, wie sich ihr Leid offenbarte, konnte man schließen, dass sie nicht unter dem nordischen Himmel geboren sei.

»Und wie sollte Herr Klüber in seinem Laden Geschäfte machen, wenn er sich mit seinen Käufern schlagen würde? Das ist ja ganz unmöglich. Und jetzt soll ich ihm absagen? Doch wovon werden wir leben? Früher waren wir die Einzigen, die hier Jungfernleder und Pistazienkuchen fertigten – und wir hatten viele Käufer – jetzt macht aber alle Welt Jungfernleder! Bedenken Sie bloß: Schon ohnehin wird man in der Stadt von Ihrem Duell sprechen ... als ob man so etwas verheimlichen könnte! Und plötzlich geht die Heirat auseinander! Das ist ja ein Skandal, ein Skandal! Gemma ist ein ausgezeichnetes Mädchen; sie liebt mich ungeheuer, doch ist sie eine starrsinnige Republikanerin, sie trotzt der Meinung anderer. Sie allein können sie bereden.«

Sanin verwunderte sich noch mehr als früher. »Ich, Frau Lenora?«

»Ja, Sie allein. Darum bin ich auch zu Ihnen gekommen; etwas anderes ersinnen konnte ich nicht! Sie sind so klug, so gut! Sie sind für sie eingetreten! Ihnen wird sie glauben! Ihnen muss sie glauben, Sie haben ja Ihr Leben für sie gewagt! Sie werden sie überzeugen – ich kann aber nichts mehr! Sie werden sie überzeugen, dass sie auf diese Weise sich selbst und uns alle ins Verderben stürzt. Sie haben meinen Sohn gerettet, retten Sie auch die Tochter! Gott selbst hat Sie hierher gesandt … Auf meinen Knien flehe ich Sie an …«

Und Frau Lenora erhob sich bereits vom Stuhle, um vor Sanin auf die Knie zu sinken … Doch er hielt sie zurück.

»Frau Lenora! Um Gottes willen, was machen Sie!«

Sie ergriff krampfhaft seine Hände. »Sie versprechen es?«

»Frau Lenora, bedenken Sie doch, wie komme ich dazu …?«

»Sie versprechen es? Sie wollen doch nicht, dass ich hier sofort vor Ihnen sterbe?«

Sanin verlor den Kopf. Er hatte zum ersten Male in seinem Leben mit entbranntem, italienischem Blute zu tun.

»Ich will alles tun, was Sie wünschen«, rief er, »ich werde mit Fräulein Gemma sprechen …«

Frau Lenora schrie vor Freude auf.

»Doch weiß ich wirklich nicht, ob davon ein Ergebnis zu erwarten …«

»Schlagen Sie es mir nicht ab, schlagen Sie es mir nicht ab!«, rief Frau Lenora mit flehender Stimme. »Sie haben bereits eingewilligt. Der Erfolg wird sicherlich ausgezeichnet sein! Jedenfalls kann ich ja nichts mehr tun! Mir gehorcht sie nicht!«

»Sie hat Ihnen so entschieden ihre Abneigung, Herrn Klüber zu heiraten, erklärt?«, fragte Sanin nach kurzem Schweigen.

»Aufs Entschiedenste, sie gleicht ihrem Vater, dem Giovan' Battista! Sie ist desperat …«

»Desperat! Sie …?«, wiederholte Sanin, das Wort dehnend.

»Ja … Ja! … Doch ist sie auch ein Engel, Sie wird Ihnen folgen. Sie kommen zu uns, bald, nicht wahr, bald? Oh, mein teurer, russischer Freund!« Frau Lenora erhob sich stürmisch vom Stuhle und küsste ebenso stürmisch den Kopf des vor ihr sitzenden Sanin.

»Empfangen Sie den Segen einer Mutter und reichen Sie mir ein Glas Wasser!«

Sanin reichte der Frau Lenora ein Glas Wasser, gab ihr sein Ehrenwort, dass er sofort kommen werde, begleitete sie die Treppe hinunter bis auf die Straße, kehrte in sein Zimmer zurück, schlug die Hände zusammen und stierte mit den Augen.

Nun, dachte er, nun dreht sich erst recht das Leben! Dreht sich so, dass mir der Kopf schwindelt! Doch machte er keine Anstrengung in sich hinein zu blicken, zu begreifen, was dort vorgehe: Wirrwarr – und damit basta!

»Ist das ein Tag!«, flüsterten unwillkürlich seine Lippen. »Sie ist desperat … sagte ihre Mutter … Und ich soll ihr raten – ihr?! Und was raten?!«

Es wirbelte wirklich in Sanins Kopfe, und über diesem ganzen Wirbel von mannigfachen Eindrücken, Empfindungen und unausgesprochenen Gedanken schwebte stets das Bild Gemmas, wie es so unvertilgbar sich in sein Gedächtnis geprägt hatte in jener warm und elektrisch bewegten Nacht, an jenem dunklen Fenster, unter den Strahlen der wimmelnden Sterne!

24.

Mit unsicheren Schritten machte sich Sanin zum Hause der Frau Roselli. Sein Herz schlug heftig; er fühlte deutlich und hörte sogar, wie es an die Rippen pochte. Was soll er Gemma sagen? Wie wird er sie ansprechen? Er ging in das Haus nicht durch die Konditorei, sondern durch die hintere Treppe. In dem kleinen Vorderzimmer begegnete er Frau Lenora. Sie erschrak und freute sich zugleich über sein Kommen.

»Ich erwartete Sie längst«, flüsterte sie, mit beiden Händen abwechselnd seine Hände drückend. »Gehen Sie nach dem Garten, sie ist dort. Vergessen sie nicht, ich baue auf Sie.«

Sanin ging nach dem Garten.

Gemma saß auf einer Bank dicht am Wege und suchte aus einem großen, mit Kirschen gefüllten Korbe die reifsten heraus, die sie dann in einen Teller legte. Die Sonne stand niedrig – es war bereits sechs Uhr vorbei und in den breiten, schiefen Strahlen, mit denen sie den ganzen kleinen Garten der Frau Roselli übergoss, war mehr Purpur als Gold. Nur selten, kaum hörbar und gleichsam ohne Eile flüsterten die Blätter, brummten, von der einen Blume auf die benachbarten hinüber fliegend, die verspäteten Bienen, und girrte irgendwo ein Tauberich – einförmig und unermüdlich.

Gemma trug denselben Hut wie in Soden. Sie blickte unter dem herabhängenden Rande desselben auf Sanin und bückte sich wieder zum Korbe.

Sanin kam zu Gemma heran, unwillkürlich jeden Schritt verkürzend, und fand nichts Besseres zu sagen, als wozu sie die Kirschen auswähle?

Gemma beeilte sich nicht, ihm zu antworten.

»Aus diesen, welche reifer sind«, sagte sie endlich, »wird Eingemachtes bereitet, mit den anderen werden die Kuchen gefüllt. Sie kennen doch die runden Zuckerkuchen, die wir verkaufen?«

Nach diesen Worten neigte Gemma ihren Kopf noch tiefer und ihre rechte Hand blieb, mit zwei Kirschen in den Fingern, zwischen dem Teller und dem Korbe in der Luft hängen.

»Kann ich mich zu Ihnen setzen?«, fragte Sanin.

»Freilich!«, und Gemma machte ihm ein wenig Platz auf der Bank. Sanin setzte sich neben sie. – »Wie soll ich es anfangen?«, dachte Sanin, doch Gemma zog ihn aus der Verlegenheit.

»Sie hatten heute ein Duell?«, fing sie lebhaft an und wandte ihm ihr ganzes, schönes, schamhaft glühendes Gesicht zu – und in welcher Dankbarkeit glänzten ihre Augen! »Und Sie sind so ruhig? Sie kennen also keine Gefahr?«

»Erlauben Sie! Ich setze mich keiner Gefahr aus. Alles ist glücklich und gemütlich verlaufen.«

Gemma führte ihren Finger nach rechts und dann nach links vor ihre Augen … ebenfalls eine italienische Geste. »Nein, nein! Sprechen Sie nicht so! Sie täuschen mich nicht. Pantaleone hat mir alles erzählt.«

»Da haben Sie auch den Richtigen gefunden, dem Glauben zu schenken! Er hat mich wohl auch mit der Statue des Kommandeurs verglichen?«

»Seine Ausdrücke können lächerlich sein, doch ist weder sein Gefühl, noch das, was Sie heute getan, lächerlich. Und das alles meinetwegen … für mich … Ich werde es nie vergessen!«

»Ich versichere Sie, Fräulein Gemma …«

»Ich vergesse es nie«, wiederholte sie langsam, sah ihn noch einmal scharf an – und wandte sich ab.

Er konnte jetzt ihr feines, reines Profit betrachten, und es schien ihm, dass er nie etwas Ähnliches gesehen, Ähnliches, was er jetzt empfand, gefühlt hatte. Seine Seele entbrannte. »Und mein Versprechen …«, dachte er.

»Fräulein Gemma …«, sagte er nach längerem Zögern.

»Was?«

Sie wandte sich nicht zu ihm, sie fuhr fort, die Kirschen auszusuchen, nahm mit den Spitzen ihrer Finger die Kirschenstengel, hob behutsam die Blätter auf … doch mit welcher zutraulichen Herzlichkeit war dies Wörtchen »was« erklungen.

»Ihre Mutter hat Ihnen nichts mitgeteilt … über …«

»Worüber?«

»Über mich.«

Gemma warf plötzlich die bereits herausgenommenen Kirschen in den Korb zurück.

»Sie hat mit Ihnen gesprochen?«, fragte sie ihrerseits.

»Ja.«

»Was hat Sie Ihnen denn gesagt?«

»Sie hat mir gesagt, dass Sie … dass Sie sich plötzlich entschlossen haben … Ihren früheren Entschluss zu ändern.«

Der Kopf Gemmas senkte sich wieder. Er verschwand gänzlich unter ihrem Hut; man sah nur ihren Hals, biegsam und zart wie den Stengel einer großen Blume.

»Welchen Entschluss?«

»Ihren Entschluss … in Betreff … Ihrer künftigen Lebensweise.«

»Das heißt … Sie meinen … Herrn Klüber?«

»Ja.«

»Die Mutter hat Ihnen gesagt, dass ich nicht die Frau von Herrn Klüber werden will?«

»Ja.«

Gemma rückte auf der Bank hinauf, der Korb bog sich über und fiel um, einige Kirschen rollten auf den Weg. Es verging eine Minute … eine andere …

»Wozu hat sie Ihnen das gesagt?«, vernahm man die Stimme Gemmas. Sanin sah immer nur ihren Hals. Ihre Brust hob und senkte sich schneller.

»Wozu? Ihre Mutter meinte, dass, da ich mit Ihnen in kurzer Zeit sozusagen befreundet geworden und Sie zu mir ein gewisses Vertrauen haben, so würde ich imstande sein, Ihnen einen nützlichen Rat zu geben – und dass Sie mir folgen würden.«

Die Hände Gemmas fielen auf ihre Knie. Sie zupfte an den Falten ihres Kleides.

»Welchen Rat werden Sie, Monsieur Dimitri, mir geben?«, fragte sie nach einigen Augenblicken.

Sanin bemerkte, wie Gemmas Finger auf ihren Knien zitterten. Sie machte sich auch mit ihrem Kleide nur zu tun, um dies Zittern zu verbergen. Er legte leise seine Hand auf die blassen, zitternden Finger.

»Gemma«, sprach er, »warum sehen Sie mich nicht an?«

Sie warf rasch ihren Hut auf die Schultern zurück und heftete ihre vertrauenden, dankbaren Augen auf ihn. Sie wartete, dass er spreche. Doch der Anblick ihres Gesichts verwirrte, blendete ihn. Der warme Glanz der Abendsonne erleuchtete ihren jugendlichen Kopf, und der Ausdruck dieses Hauptes strahlte heller und lichtvoller als selbst dieser Glanz.

»Ich werde Ihnen folgen, Monsieur Dimitri«, begann sie leicht lächelnd und sanft die Augenbrauen erhebend; »doch welchen Rat werden Sie mir geben?«

»Welchen Rat?«, wiederholte Sanin. »Sehen Sie, Ihre Mutter meint, dass Sie Herrn Klüber nur deswegen ausschlagen, weil er vor drei Tagen nicht Mut genug gehabt ...«

»Nur deswegen?«, rief Gemma, bückte sich, hob den Korb auf und stellte denselben neben sich auf die Bank.

»Dass ... überhaupt ... ihn ausschlagen, Ihrerseits unvernünftig sei; dass dies ein Schritt sei, von dem man alle Folgen gehörig erwägen, berücksichtigen müsse, dass endlich ihre Verhältnisse jedem Mitgliede Ihrer Familie gewisse Pflichten auferlegen ...«

»Das alles – ist die Meinung der Mutter«, unterbrach Gemma. »Das sind ihre Worte, das weiß ich. Welcher Meinung sind Sie aber?«

»Ich!« – Doch Sanin schwieg; er fühlte, dass ihm etwas den Hals beenge, ihm den Atem nehme. – »Ich meine ebenfalls ...«, fing er mit Anstrengung an.

Gemma richtete sich auf: »Ebenfalls? Sie – auch?«

»Ja ... das heißt ...«

Sanin konnte nicht, konnte durchaus nicht ein Wort mehr hinzufügen.

»Gut!«, sagte Gemma. »Wenn Sie, als mein Freund, mir raten, meinen Entschluss zu ändern – das heißt meinen früheren Entschluss nicht zu ändern – so will ich es mir überlegen.« – Ohne darauf zu achten, was sie tat, fing sie an, die Kirschen von dem Teller wieder in den Korb zu legen. »Die Mutter erwartet, dass ich Ihnen folgen werde … Gut, ich werde vielleicht Ihnen wirklich folgen.«

»Doch erlauben Sie, Fräulein Gemma, ich möchte erst erfahren, welche Ursache Sie bewogen hat …«

»Ich will Ihnen folgen«, wiederholte Gemma, und ihre Augenbrauen zogen sich immer mehr zusammen, ihre Wangen wurden blass; sie biss an der unteren Lippe. – »Sie haben so viel für mich getan, dass ich verpflichtet bin zu handeln, wie Sie verlangen. – Ich werde der Mutter sagen … ich will es mir überlegen. Da kommt sie auch wie gerufen.«

Wirklich, Frau Lenora zeigte sich an der Schwelle der Tür, die aus dem Hause in den Garten führte. Die Ungeduld peinigte sie, sie konnte es nicht mehr auf ihrem Platze aushalten. Nach ihrer Berechnung musste Sanin schon längst seine Auseinandersetzung mit Gemma beendet haben, obgleich sein Gespräch mit ihr noch keine Viertelstunde dauerte.

»Nein, nein, nein! Um Gottes willen, sagen Sie ihr vorläufig gar nichts …«, rief hastig, beinahe mit Angst Sanin. »Warten Sie … ich will es Ihnen sagen, schreiben … Sie aber, entschließen Sie sich zu gar nichts … warten Sie!«

Er drückte fest Gemmas Hand, sprang von der Bank und lief zur größten Verwunderung von Frau Lenora an ihr vorbei, lüftete bloß den Hut, brachte etwas Unverständliches hervor – und verschwand.

Sie kam zu ihrer Mutter.

»Sage mir, bitte, Gemma …«

Diese erhob sich schnell und umarmte die Mutter … »Liebe Mutter, können Sie nicht ein wenig, ein klein wenig, bis morgen warten? Nicht wahr, ja? Und mit der Abrede, dass bis morgen kein Wort darüber falle? … Ach!«

Plötzlich brach sie in helle, ihr selbst unerwartete Tränen aus. Dies verwunderte Frau Lenora umso mehr, als das Gesicht Gemmas weit davon entfernt war, traurig zu blicken, sondern eher freudig war.

»Was ist mit dir?«, fragte sie. »Du weinst nie bei mir – und plötzlich jetzt ...«

»Es ist nichts, Mutter, nichts! Warten Sie nur. Wir müssen beide warten. Fragen Sie mich nicht aus ... bis morgen – und lassen uns die Kirschen schneller aussuchen, solange die Sonne noch nicht untergegangen ist.«

»Doch du wirst vernünftig sein?«

»Oh, ich bin sehr vernünftig!«

Gemma schüttelte bedeutungsvoll den Kopf. Sie band die Kirschen zu kleinen Bündeln zusammen und hielt sie hoch vor ihrem glühenden Gesichte; sie hatte ihre Tränen nicht gestillt – sie waren von selbst getrocknet.

25.

Im Laufe beinahe kehrte Sanin nach seiner Wohnung zurück. Er fühlte, er erkannte, dass nur hier, nur mit sich allein, ihm endlich klar werden würde, was eigentlich mit ihm vorgehe? Und wirklich, kaum hatte er sich Zeit genommen, in sein Zimmer zu treten und sich zum Schreibtische zu setzen, als er sich auf denselben Tisch mit beiden Ellbogen stützend und mit beiden Händen das Gesicht bedeckend, dumpf und kummervoll ausrief: »Ich liebe sie, liebe sie wahnsinnig!« – und plötzlich loderte er förmlich auf, wie eine Kohle, von der man die sie bedeckende Schicht toter Asche wegbläst. Noch ein Augenblick – und er war nicht imstande zu begreifen, wie es ihm, nebst Ihr zu sitzen, möglich gewesen ... neben ihr! Mit ihr zu sprechen und nicht zu fühlen, dass er den Rand ihres Kleides sogar vergötterte, dass er imstande sei, nach dem Ausdruck der jungen Leute, zu ihren Füßen zu sterben. Das letzte Zusammentreffen im Garten hatte alles entschieden.

Wenn er jetzt an sie dachte, so erschien sie ihm nicht mehr mit durcheinander geworfenen Locken im Sternenglanze, nein, er sah sie auf der Bank sitzen, er sah, wie sie mit einer schnellen Bewegung ihren Hut zurückwirft und ihn so zutraulich anblickt ... und das Beben und das Schmachten der Liebe durchliefen alle seine Adern. Er dachte an die Rose, welche er bereits den dritten Tag in seiner Tasche trug; er ergriff sie und presste sie mit solcher fieberhaften Glut an seine Lippen, dass sich dieselben schmerzhaft verzogen. Jetzt dachte er über gar nichts, rechnete auf nichts, sah nichts vorher; er hatte sich von aller Vergangenheit getrennt, war vorwärts gesprungen: Vom trostlosen Ufer seines einsamen Junggesellenlebens hatte er sich in den jungen, lustigen, brausenden, mächtigen Strom geworfen – es ist ihm gleich, er will nicht wissen, wohin ihn der Strom führen, ob er ihn an einem Felsen zerschellen lassen wird. Das sind nicht die friedlichen Fluten der Romanzen von Uhland, die ihn unlängst einwiegten ... Das sind mächtige, unbezwingbare Wellen! Sie drängen und wogen vorwärts – und er fliegt mit ihnen!

Er nahm einen Briefbogen und schrieb, ohne etwas auszustreichen, beinahe ohne die Feder abzusetzen, Folgendes:

»Teure Gemma!

Sie wissen, welchen Rat ich erteilen unternommen habe. Sie wissen, was Ihre Mutter wünscht, und um was sie mich gebeten hat, – doch was sie nicht kennen, und was ich Ihnen jetzt sagen muss, ist – dass ich Sie liebe – mit ganzer Leidenschaft eines Herzens liebe, das zum ersten Male liebt! Dies Feuer ist in mir plötzlich entbrannt, doch mit solcher Stärke, dass ich keine Worte finde, um mich auszudrücken! Als Ihre Mutter zu mir kam und mich bat – da glimmte dies Feuer erst in mir – sonst hätte ich als ehrlicher Mensch ihren Auftrag sicher abgelehnt ... Das Bekenntnis, das ich Ihnen jetzt ablege, ist das Bekenntnis eines ehrlichen Menschen. Sie müssen wissen, mit wem Sie zu tun haben – zwischen uns dürfen keine Missverständnisse bestehen. Sie sehen, dass ich nicht imstande bin, Ihnen irgendwelche Ratschläge zu erteilen … Ich liebe Sie, ich liebe, ich liebe – weiter habe ich nichts – weder im Kopf noch im Herzen.

Dm. Sanin.«

Nachdem er das Briefchen versiegelt hatte, wollte Sanin dem Kellner klingeln, um es abzuschicken … Nein, das passt nicht … Durch Emil?

Doch nach dem Laden zu gehen, ihn unter anderen Kommis aufzusuchen – geht auch nicht! Dabei ist es schon spät – und Emil wahrscheinlich nicht mehr im Laden. Dies alles überlegend, hatte Sanin den Hut aufgesetzt und war schon auf die Straße gekommen; etwa bei der dritten Straßenecke sah er zu seiner unbeschreiblichen Freude Emil vor sich. Mit einer Mappe unter dem Arm, mit einer Rolle Papier in der Hand eilte der junge Enthusiast nach Hause.

»Man sagt doch nicht umsonst, dass jeder Verliebte seinen Stern habe!«, dachte Sanin und rief Emil.

Dieser wandte sich um und lief sofort zu ihm.

Sanin gab ihm keine Zeit, in Entzücken zu geraten, händigte ihm den Zettel ein, erklärte, wem und wie er ihn abgeben solle … Emil hörte aufmerksam zu.

»Dass niemand es sehe?«, fragte er, seinem Gesichte ein bedeutungs- und geheimnisvolles Ansehen gebend, als ob er sagen wollte: »Ich verstehe, um was es sich eigentlich handelt!«

»Ja, mein Freundchen«, sagte Sanin, und wurde ein wenig verlegen, doch streichelte er Emils Backe. »Und wenn eine Antwort sein sollte … Sie bringen mir die Antwort, nicht wahr? Ich bleibe zu Hause.«

»Sorgen Sie darum nicht!«, flüsterte lustig Emil, lief fort und nickte ihm noch im Laufen einmal zu.

Sanin kehrte nach Hause zurück, und warf sich, ohne Licht anzuzünden auf das Sofa, führte beide Hände hinter dem Kopf und überließ sich den Eindrücken der eben bewusst gewordenen Liebe, deren Schilderung überflüssig ist: Wer sie empfunden, der kennt die Pein und die Süße der Liebe; wer sie nicht empfunden – dem erklärt man sie nicht.

Die Tür wurde geöffnet – und es zeigte sich der Kopf von Emil.

»Ich habe es gebracht«, flüsterte er, »da ist die Antwort!« Er zeigte einen Zettel und hielt ihn über seinen Kopf empor ...

Sanin sprang vom Sofa und entriss ihm denselben. Die Leidenschaft hatte sich seiner allzu stark bemeistert. Er war nicht mehr imstande das Geheimnis zu hüten und alle Schicklichkeiten zu beobachten – nicht einmal vor diesem Knaben, ihrem Bruder. Er hätte sich geschämt – sich Zwang angetan – wenn er es nur gekonnt hätte.

Er trat ans Fenster, und las beim Lichte der Straßenlaterne, die gerade vor seinem Fenster stand, die folgenden Zeilen:

»Ich bitte Sie, ist flehe Sie an – morgen den ganzen Tag nicht zu uns zu kommen, sich nicht zu zeigen. Das ist mir nötig, durchaus nötig – und dann wird alles entschieden sein. Ich weiß, Sie werden es mir nicht abschlagen, denn ...

Gemma.«

Sanin las zweimal diesen Zettel. Oh, wie rührend lieblich, wie schön erschien ihm diese Handschrift! – Er dachte nach, wandte sich zu Emil, der, um zu zeigen, welch bescheidener junger Mann er sei, das Gesicht zur Wand gekehrt dastand, sie mit dem Nagel ritzend – und rief ihn laut beim Namen.

Er lief sofort zu Sanin. – »Was wünschen Sie?«

»Hören Sie, mein Freund ...«

»Mr. Dimitri«, unterbrach ihn Emil mit klagender Stimme, »warum sagen Sie zu mir nicht du?«

Sanin lachte. – »Gut, höre mein Freund« – Emil hüpfte ein wenig vor Vergnügen – »höre: Dort – du verstehst mich doch? – dort wirst du sagen, dass alles genau befolgt werden wird ...« Emil biss sich in die Lippen und nickte wichtig mit dem Kopfe. »Und du selbst … Was machst du morgen?«

»Ich? Was ich mache? Was wollen Sie, dass ich mache?«

»Wenn du kannst, komm morgen zu mir, recht früh – und wir werden bis zum Abend in den Umgebungen Frankfurts spazieren … Willst du?«

Emil hüpfte wieder. – »Was kann es denn Besseres geben? Mit Ihnen zu spazieren – das ist ja wirklich prachtvoll! Ich komme sicher!«

»Und wenn man dich nicht gehen lässt?«

»Man lässt mich schon gehen!«

»Höre … Sage dort nicht, dass ich dich für den Tag aufgefordert habe.«

»Wozu auch? Ich gehe so! Was kann da sein!«

Emil küsste ihn heftig und lief weg.

Sanin aber ging lange in der Stube auf und ab – und legte sich spät nieder. Er überließ sich dem süßen Schauder seiner Gefühle, dem freudigen Ersterben vor dem neuen Leben. Er war sehr zufrieden, dass er Emil für morgen eingeladen, da dieser so sehr seiner Schwester ähnelte. Er wird mich an Sie erinnern, dachte Sanin.

Doch am meisten wunderte er sich, wie er gestern anders als heute sein konnte? Es schien ihm, dass er Gemma »ewig« liebe – und dass er sie gerade so geliebt habe, wie er sie jetzt liebe.

26.

Am nächsten Tage erschien Emil um 8 Uhr bei Sanin, Tartaglia an einer Schnur führend. Wäre er deutscher Abstammung gewesen, er hätte keine größere Pünktlichkeit beobachten können. Zu Hause hatte er gelogen, er hatte gesagt, dass er bis zum Frühstück mit Sanin spazieren und nach dem Laden gehen würde. Während Sanin sich anzog, fing Emil, allerdings zaudernd von Gemma, von ihrem Zwist mit Herrn Klüber zu sprechen an, doch Sanin statt aller Antwort schwieg, und zwar mit solcher Strenge, dass Emil, sich den Anschein gebend, als ob er verstehe, warum man eine so wichtige Angelegenheit nicht leichthin behandeln könne, nicht mehr auf dies Thema zurückkam, und nur ab und zu einen in sich gelehrten und selbst strengen Ausdruck annahm!

Nach dem Kaffee begaben sich beide Freunde zu Fuß nach Hausen, einem kleinen, ganz im Walde gelegenen Dörfchen, in kurzer Entfernung von Frankfurt. Die ganze Taunuskette war von dort aus wie auf einer Handfläche sichtbar. Das Wetter war wunderschön: Die Sonne glänzte und wärmte ohne zu brennen; ein frischer Wind jagte durch die grünen Blätter; auf der Erde glitten wie kleine Flecken gleichmäßig und rasch die Schatten der hohen, runden Wölkchen dahin. Die jungen Leute waren bald aus der Stadt heraus und wanderten frisch und lustig auf dem reingefegten Wege. Sie kamen in den Wald – und irrten da umher; dann frühstückten sie in einer Dorfschenke, kletterten sodann auf die Berge, bewunderten die Aussichten, warfen Steine von oben, und geschwind wie diese Steine, sonderbar und komisch wie Kaninchen, hinunterpurzelten, klatschten sie Beifall, bis ein Vorübergehender, der unten, von ihnen nicht bemerkt, vorüberging, sie mit heller und starker Stimme ausschimpfte. Dann lagerten sie, sich es bequem machend, auf dem kurzen, trockenen Moos von gelbvioletter Farbe; tranken dann Bier in einem anderen Wirtshause, liefen um einander einzuholen, sprangen um die Wette, wer weiter springe.

Sie fanden ein Echo und unterhielten sich mit ihm, sangen, schrien, rangen miteinander, brachen Zweige ab, schmückten ihre Mützen mit Blättern von Farrenkraut – ja, tanzten sogar. Tartaglia nahm, soweit er konnte und wusste, an allen diesen Beschäftigungen Anteil: Steine warf er allerdings nicht, doch purzelte er ihnen nach, bellte, wenn die jungen Leute sangen – und trank selbst Bier, wenn auch mit sichtlichem Widerwillen: Dieses Kunststück hatte ihn ein Student, sein früherer Besitzer, gelehrt. Übrigens gehorchte er Emil nicht recht – anders als seinem Herrn Pantaleone, und wenn Emil »Sprechen« oder »Nießen« befahl – so wedelte er bloß mit dem Schwanze und zeigte die in ein Röhrchen gefaltete Zunge.

Die jungen Leute plauderten auch miteinander. Im Anfange des Spaziergangs sprach Sanin, als der Ältere und darum der Vernünftige, von dem, was Forum oder das Verhängnis des Schicksals bedeute, was der Beruf eines Menschen und worin er bestehe, doch das Gespräch nahm bald einen weniger ernsten Charakter an. Emil fragte seinen Freund und Gönner über Russland aus, wie man sich dort duelliere, ob die Frauen dort schön seien, ob man schnell russisch lernen könne, und was er gefühlt habe, als der Offizier auf ihn zielte? Sanin befragte seinerseits Emil über dessen Vater, Mutter, über ihre Familienverhältnisse überhaupt; er bemühte sich dabei auf jede Weise, den Namen Gemmas nicht zu erwähnen – und dachte nur an sie. Eigentlich dachte er nicht einmal an sie – sondern an den nächsten Tag, der ihm das nie empfundene, nie dagewesene Glück bringen sollte! Ein feiner, leichter, hin- und herwogender Vorhang schien vor seinem seelischen Blicke herabzuhängen – und hinter diesem Vorhang fühlte er … fühlte er die Anwesenheit des jungen regungslosen, göttlichen Antlitzes mit liebkosendem Lächeln um die Lippen und streng, doch nur mit angenommener Strenge gesenkten Augenlidern … Und dies Antlitz ist nicht das Gesicht

Gemmas, es ist das Gesicht des Glückes selbst! Und endlich hat seine Stunde geschlagen, der Vorhang fliegt in die Höhe, der Mund öffnet sich, die Augenlider erheben sich – die Gottheit sieht ihn – und es wird Licht wie von der Sonne und Freude und unendliches Entzücken! Er denkt an den nächsten Tag – und wieder stirbt seine Seele hin in der bangen Pein, des sich ewig wieder erzeugenden Erwartens!

Doch diese Pein, diese Erwartung, hindert ihn gar nicht. Sie begleitet jede seiner Bewegungen – und hindert keine. Sie hindert ihn nicht, prachtvoll in einem dritten Gasthause mit Emil zu Mittag zu essen – und nur selten wie ein kurzer Blitz lodert bei ihm der Gedanke auf, dass – wenn es doch jemand in dieser Welt wüsste?! Diese Pein hielt ihn nicht ab, nach dem Mittagessen mit Emil das Bockspringen zu üben. Auf einer weiten, grünen Wiese fand dieses Spiel statt … und wie groß war die Verwunderung, die Verlegenheit Sanins, als er unter dem lauten Gebell von Tartaglia mit geschickt gespreizten Beinen, wie ein Vogel über den zusammengekauerten Emil springend, plötzlich am Ende der Wiese zwei Offiziere vor sich sah, in denen er augenblicklich seinen Gegner von gestern und dessen Sekundanten, die Herren von Dönhof und von Richter wiedererkannte! Alle beide ein Glas ins Auge geklemmt, sahen ihnen zu und lächelten … Sanin fiel auf die Füße, wandte sich ab, zog rasch den abgelegten Rock an – warf Emil ein paar Worte zu, dieser zog sich ebenfalls an – und beide verschwanden sofort.

Sie kamen spät nach Frankfurt zurück. – »Man wird mich ausschimpfen«, sagte Emil zu Sanin, sich von ihm verabschiedend, »doch einerlei! Welch' schönen, prachtvollen Tag habe ich auch erlebt!«

In seinen Gasthof zurückgekehrt fand Sanin einen Zettel von Gemma. Sie bestimmte ihm morgen um sieben Uhr früh ein Stelldichein in einem der öffentlichen Gärten, die Frankfurt von allen Seiten umgeben.

Wie zitterte sein Herz! Wie froh war er, ihr so widerspruchlos gehorcht zu haben! Und Gott, was versprach … was versprach nicht alles dieser nie dagewesene, einzige, unmögliche – und doch sichere nächste Tag!

Er verschlang mit den Augen Gemmas Schreiben. Das lange, zierlich geschwungene »G«, der erste Buchstabe ihres Namens, der am Ende der Seite stand, erinnerte ihn an ihre schönen Finger, an ihre Hand … Er dachte, dass er diese Hand noch nie mit seinen Lippen berührt habe … »Die Italienerinnen«, dachte er, »sind trotz des allgemeinen Geredes, schamhaft und strenge … Und Gemma vor allen! Königin … Göttin … marmorne Jungfräulichkeit … und so rein … Doch kommen wird die Zeit – sie ist nicht ferne …«

In jener Nacht gab es in Frankfurt einen glücklichen Menschen. Er schlief, doch er konnte von sich die Worte des Dichters anführen: »Ich schlafe … doch schläft das wachsame Herz nicht! …«

Dies Herz pochte heftig, und doch so leicht, wie der Schmetterling mit seinen Flügeln schlägt, an eine Blume sich schmiegend, vom Sonnenlicht übergossen.

27.

Um fünf Uhr des Morgens war Sanin wach, um sechs war er angezogen, um halb sieben spazierte er bereits im öffentlichen Garten, nicht weit von einem Gartenhäuschen, das Gemma in ihrem Briefchen erwähnt hatte.

Der Morgen war still, warm, grau. Es schien manchmal, dass es sofort regnen werde, doch die ausgestreckte Hand fühlte nichts, und nur wenn man sie auf den Ärmel des Rockes legte, bemerkte man die Spuren kleiner, den feinsten Glasperlen ähnlicher, Regentropfen; doch auch diese hören bald auf.

Wind – schien es gar nicht mehr auf der Welt zu geben. – Jeder Laut – statt bestimmte Richtung zu nehmen – verteilte sich in die Runde; in der Ferne verdichtete sich ein weißer Dunst. Die Luft duftete nach Reseda und weißen Akazienblüten.

In den Straßen öffneten sich die Läden noch nicht, doch zeigten sich bereits Fußgänger; nur selten rasselte ein vereinzelter Wagen. – Im Garten spazierte niemand. Der Gärtner reinigte ohne Eile die Wege mit der Schaufel, und eine Alte in schwarzem Tuchkleide wankte vorbei. Für keinen Augenblick konnte Sanin dieses bedauernswerte Wesen für Gemma halten, und doch pochte ihm das Herz und er folgte aufmerksam mit den Augen dem sich entfernenden schwarzen Schatten.

Sieben schlug die Uhr auf einem Turme.

Sanin blieb stehen. – Wird sie denn nicht kommen?

Zittern vor Kälte überlief alle seine Glieder. Dasselbe Zittern wiederholte sich einen Augenblick später, doch aus anderer Ursache. Sanin hörte leichte Schritte, das feine Geräusch weiblicher Kleidung … Er wandte sich um: Sie ist es!

Gemma kam den Weg entlang. Sie hatte eine graue Mantille umgehängt und einen kleinen, dunklen Hut aufgesetzt. Sie blickte Sanin an, wandte den Kopf nach ihm – und ging, an ihn herangekommen rasch weiter.

»Gemma!«, rief er kaum hörbar.

Sie winkte ihm sachte – und ging weiter. Er folgte ihr.

Er atmete heftig, die Füße wollten ihm ihren Dienst versagen.

Gemma ging am Gartenhäuschen vorbei, wandte sich noch rechts, schritt an einem großen, seichten Teiche, an dem sich sorgfältig ein Sperling wusch, vorüber und hinter ein Boskett hoher Fliederbüsche angelangt, setzte sie sich auf eine Bank. Der Ort war gemütlich und bedeckt. Sanin ließ sich neben sie nieder.

Es verging wohl eine Minute, und, weder er noch sie, ließen ein Wort fallen; sie sah ihn nicht einmal an, und er blickte nicht auf ihr Gesicht, sondern auf ihre Hände, in denen sie einen kleinen Regenschirm hielt.

Wovon sollten sie sprechen?

Was konnten sie sich sagen, was vermöge seines Inhalts ihrer Anwesenheit, hier, beisammen, allein, so früh, so nah aneinander gleichen konnte?

»Sie sind nicht böse auf mich?«, sagte endlich Sanin.

Sanin konnte wohl schwerlich etwas Dümmeres als diese Worte finden – er erkannte es selbst an. Doch das Schweigen war gebrochen.

»Ich!«, antwortete sie. »Weswegen? Nein.«

»Und Sie glauben mir?«, fuhr er fort.

»Dem, was Sie geschrieben?«

»Ja.«

Gemma senkte ihren Kopf und antwortete nichts. Der Schirm entglitt ihren Händen. Sie fing ihn rasch auf, noch ehe er zu Boden gefallen war.

»Glauben Sie mir, glauben Sie dem, was ich geschrieben!«, rief Sanin; seine ganze Schüchternheit war vergangen – er sprach mit Feuer. – »Wenn es auf der Erde Wahrheit, heilige, unleugbare Wahrheit gibt – so ist es, dass ich Sie liebe, Sie leidenschaftlich liebe, Gemma!«

Sie warf ihm einen raschen Blick von der Seite zu – und hätte beinahe wieder den Schirm fallen lassen.

»Glauben Sie mir! Glauben Sie mir!«, wiederholte er. Er flehte sie an, streckte die Hände nach ihr aus – und wagte nicht sie zu berühren. – »Was soll ich tun ... um Sie zu überzeugen?«

Sie sah ihn wieder an.

»Sagen Sie, Monsieur Dimitri«, fing sie an, »als Sie mich zu bereden gekommen waren, dann wussten Sie nichts ... fühlten Sie nichts ...«

»Ich fühlte«, unterbrach Sanin, »doch ich wusste nicht. Ich liebte Sie seit dem Augenblick, da ich Sie gesehen – doch ich begriff nicht sofort – was Sie für mich geworden! Außerdem hörte ich, dass Sie Braut seien … Was aber den Auftrag Ihrer Mutter betrifft – wie konnte ich erstens denselben ausschlagen? – Und zweitens richtete ich, glaube ich, diesen Auftrag so aus, dass Sie erraten konnten …«

Man hörte schwere Schritte und ein ziemlich dicker Herr, eine Reisetasche an der Seite, augenscheinlich ein Ausländer, zeigte sich hinter dem Busche – er warf ohne alle Umstände, wie es die Reisenden so pflegen, einen neugierigen Blick auf das Pärchen, hustete laut – und ging weiter.

»Ihre Mutter«, fuhr Sanin fort, sobald die schweren Schritte verschollen waren, »sagte mir, dass, im Falle Sie ihn verabschieden, ein Skandal entstehen würde« – Gemma wurde ein wenig finster –, »dass ich teilweise selbst den Anlass zum übelwollenden Gerede gegeben … und dass … folglich … ich – gewissermaßen die Pflicht hätte, Sie zu bereden, Ihrem Bräutigam Herrn Klüber nicht abzusagen …«

»Monsieur Dimitri«, sagte Gemma und fuhr mit der Hand über die Haare auf der Sanin zugekehrten Seite, »nennen Sie, bitte, Herrn Klüber nicht meinen Bräutigam. Ich werde nie seine Frau werden. Ich habe ihn ausgeschlagen.«

»Sie haben ihm Ihre Weigerung erklärt? Wann?«

»Gestern.«

»Ihm selbst?«

»Ihm selbst. Es war in unserem Hause. Er war bei uns.«

»Gemma! Sie lieben mich also?«

Sie wandte sich ihm zu:

»Wäre ich sonst … hierhergekommen?«, flüsterte sie und ihre Hände fielen auf die Bank.

Sanin ergriff diese ermatteten, mit der Handfläche nach oben liegenden Hände – und presste sie an seine Augen, an seine Lippen …

Endlich hat sich der Vorhang gelüftet, von dem er gestern geträumt! Da ist das Glück, da ist sein strahlend Antlitz.

Er erhob den Kopf – und blickte Gemma gerade, frank an. Auch sie blickte ihn an, ein wenig von oben nach unten. Der Blick ihrer halbgeschlossenen Augen glänzte kaum, von leichten, seligen Tränen übergossen. Ihr Gesicht lächelte nicht – nein, es lachte ihn an, glückselig, wenn auch lautlos.

Er wollte sie an seine Brust drücken, doch sie wandte sich ab und schüttelte, immer mit demselben lautlosen Lachen, verneinend den Kopf. »Warte!«, schienen ihre glücklichen Augen zu sagen.

»O Gemma, konnte ich denken, dass du« – sein Herz zitterte wie eine Saite, als seine Lippen zum ersten Mal dieses »Du« aussprechen – »mich lieben wirst!«

»Ich selbst hatte es nicht erwartet«, rief Gemma.

»Konnte ich denken«, fuhr Sanin fort, »dass ich in Frankfurt, wo ich einige Stunden bleiben wollte, dass ich hier das Glück meines ganzen Lebens finden würde!«

»Des ganzen Lebens? Wirklich?«, fragte Gemma.

»Des ganzen Lebens! Für immer, für ewig bin ich dein!«, rief Sanin mit neuem Schwunge.

Die Schaufel des Gärtners wurde plötzlich einige Schritte von der Bank, auf der sie saßen, hörbar.

»Gehen wir nach Hause«, flüsterte Gemma, »gehen wir zusammen – willst du?«

Hätte sie ihm in diesem Augenblick gesagt: »Stürze dich ins Meer, willst du?« – noch wäre ihr letztes Wort nicht verklungen und schon wäre er kopfüber in den Abgrund gesprungen.

Sie verließen zusammen den Garten und gingen nach Gemmas Hause, nicht durch die Straßen der Stadt, sondern durch die Vorstadt.

28.

Sanin schritt bald neben Gemma, bald ein wenig hinter ihr, seine Augen wandte er nicht von ihr ab, hörte nicht zu lächeln auf. Sie schien bald zu eilen … bald blieb sie stehen. Die Wahrheit zu sagen, bewegten sich beide vorwärts, er ganz bleich, sie ganz rot vor Aufregung, wie trunken.

Das, was einige Augenblicke vorher zwischen ihnen vorgegangen war – diese gegenseitige Hingabe ihrer Seelen, war so heftig, so neu, so beängstigend, alles in ihrem Leben hatte sich so sehr verrückt, so verändert, dass sie beide nicht zu Besinnung kommen konnten, und dass sie nur den Wirbel, der sie erfasst hatte, erkannten, jenem Windstoße gleich, der sie beinahe einander in die Arme geworfen.

Sanin schritt einher – und fühlte, dass er Gemma sogar anders anblicke: Er bemerkte sofort mehrere Besonderlichkeiten an ihrem Gange, in ihren Bewegungen – und mein Gott, wie unendlich teuer und lieb waren sie ihm! Und sie fühlte, dass er sie so anblicke.

Sanin und Gemma liebten zum ersten Mal; alle Wunden der ersten Liebe gingen in ihnen auf. Die erste Liebe – ist Revolution: Der einförmige, regelmäßige Lebenslauf ist in einem Augenblick zerstört, die Jugend steht auf der Barrikade, hoch weht ihre lichte Fahne, und was ihr auch in der Zukunft hervorstehen möge – Tod oder neues Leben – sie sendet der ganzen Welt ihren entzückten Gruß.

»Ich glaube, das ist unser Alter«, rief Sanin mit dem Finger auf eine verhüllte Gestalt zeigend, welche schnell dahineilte und sichtbar bestrebt war, unbemerkt zu bleiben.

Mitten im Übermaß der Glückseligkeit empfand er das Bedürfnis, mit Gemma nicht über Liebe – das war eine abgemachte, heilige Sache – sondern über anderes zu sprechen.

»Ja, das ist Pantaleone«, antwortete lustig und glücklich Gemma. »Er ist wahrscheinlich mir nachgefolgt; schon gestern passte er auf jeden meiner Schritte auf … Er ahnt es!«

»Er ahnt es!«, wiederholte Sanin mit Wonne. Was hätte Gemma sagen können, das ihn nicht mit Wonne erfüllt hätte?

Dann bat er sie umständlich zu erzählen, was gestern vorgefallen war.

Und sie fing sofort zu erzählen an, eilend, sich verwickelnd, lächelnd, kurze Seufzer ausstoßend und mit Sanin kurze, lichte Blicke wechselnd.

Sie erzählte ihm, wie nach ihrem letzten Gespräche die Mutter von ihr etwas Entscheidendes zu erfahren verlangt; wie sie Frau Lenora durch das Versprechen, ihren Entschluss am anderen Tage mitzuteilen, beruhigt habe, wie schwer es aber ihren Bitten gewesen sei, diese Frist zu erlangen; wie ganz unerwartet Herr Klüber erschienen sei, noch steifer, noch mehr gestärkt als sonst; wie er seinen Unwillen über den kindischen, unverzeihlichen und ihn, Herrn Klüber, tief beleidigenden (so hatte er sich ausgedrückt) Streich des unbekannten Russen, – er meinte das Duell – geäußert und verlangt habe, »dass man dir das Haus verbiete, weil, fügte er hinzu« – und Gemma machte ein bisschen seine Stimme und Manier nach – »›dies auf mich einen Schatten wirft, als ob ich nicht meine Braut zu schützen imstande wäre, wenn ich es für nötig und nützlich halten würde! Morgen wird ganz Frankfurt erfahren, dass ein Fremder sich wegen meiner Braut mit einem Offizier duelliert hat – welchen Schein gibt das? Das beschimpft meine Ehre!‹ Die Mutter war mit ihm einverstanden – denke dir – doch hier erklärte ich mit einem Male, dass er umsonst um seine Ehre und seine Person bekümmert sei, dass er sich umsonst durch das Gerede über seine Braut beleidigt fühlen würde – denn ich sei nicht mehr seine Braut, und würde nie seine Frau werden! Die Wahrheit zu sagen, wollte ich eigentlich erst mit Ihnen … mit dir sprechen, ehe ich ihm definitiv absagte; doch er war gekommen … und ich konnte mich nicht zurückhalten. Die Mutter schrie sogar vor Schreck auf, ich ging aber in das andere Zimmer, brachte den Trauring – du hast nicht bemerkt, das ich ihn bereits vor zwei Tagen abgenommen hatte – und gab ihm denselben zurück. Er tat schrecklich beleidigt; doch da er ungeheure Eigenliebe hat und sehr hochmütig ist, so sprach er nicht lange – und ging weg. Freilich musste ich vieles von der Mutter aushalten, und es tat mir sehr leid zu sehen, wie sie sich unglücklich fühlte – und ich dachte, dass ich mich ein wenig übereile hätte; doch ich hatte ja deinen Brief – und auch ohne den wusste ich …«

»Dass ich dich liebe«, setzte Sanin hinzu.

»Ja … dass du mich liebst.«

So sprach Gemma, bald sich verwickelnd, bald lächelnd, bald leise sprechend, oder sie verstummte völlig, wenn jemand ihnen entgegenkam oder an ihnen vorüberging. Und Sanin lauschte entzückt, ergötzte sich am Klange ihrer Stimme, wie er den Abend vorher ihre Schrift bewundert hatte.

»Die Mutter ist sehr betrübt«, fing Gemma wieder an, und rasch entströmte ihr ein Wort nach dem anderen, »sie will gar nicht berücksichtigen, dass Herr Klüber mir widerlich werden konnte, dass ich nicht aus Liebe heiraten sollte, sondern nur wegen ihren beständigen Bitten … Sie hat Verdacht auf Sie … auf dich; das heißt, sie ist überzeugt, dass ich mich in dich verliebt habe, und das ist umso schrecklicher für sie, weil sie noch vor drei Tagen nichts Ähnliches ahnte und sogar dir auftrug, mich zu bereden …«

»Es war ein sonderbarer Auftrag, nicht wahr? Jetzt nennt sie dich … Sie, einen schlauen, falschen Menschen, sagt, dass Sie ihr Zutrauen betrogen, und weissagt mir, dass Sie mich auch betrügen werden …«

»Aber Gemma«, rief Sanin, »hast du ihr denn nicht gesagt …«

»Nichts habe ich gesagt! Welches Recht hatte ich dazu, ohne Sie gesprochen zu haben?«

Sanin schlug die Hände zusammen. »Ich hoffe, Gemma, dass du ihr jetzt wenigstens alles gestehen wirst, du wirst mich zu ihr führen … Ich will deiner Mutter beweisen, dass ich kein Betrüger bin.«

Die Brust Sanins erweiterte sich beim stürmischen Wogen hochherziger, brennender Gefühle.

Gemma heftete auf ihn ihre beiden Augen. »Sie wollen wirklich jetzt mit mir zu der Mutter gehen? Zu der Mutter, die mich versichert, dass … dass dies alles zwischen uns unmöglich sei – und sich nie erfüllen werde?« Es gab ein Wort, das auszusprechen Gemma sich nicht entschließen konnte … Es brannte auf ihren Lippen, doch desto williger sprach es Sanin aus.

»Dich zu heiraten, dein Mann zu sein – eine höhere Seligkeit kenne ich nicht!«

Seine Liebe, seine Großmut, seine Entschlossenheit, kannten keine Grenzen mehr. Gemma, die fast stehen geblieben war, beschleunigte ihre Schritte, nachdem sie diese Worte vernommen … Sie schien diesem allzu großen, unerwarteten Glücke entfliehen zu wollen!

Doch plötzlich versagten die Füße ihr den Dienst. Hinter der Ecke einer Querstraße erschien einige Schritte vor ihr Herr Klüber, mit neuem Hut, neuem Rock, kerzengerade, wie ein Pudel frisiert. Er sah Gemma, sah Sanin, schnaubte vor innerer Wut, und seine schlanke Gestalt zurückbiegend, ging er ihnen zierlich entgegen. Sanin fuhr zusammen; doch das Gesicht Klübers betrachtend, dem sein Besitzer, so weit er es vermochte, das Aussehen eines verächtlichen Staunens, selbst Mitleids, zu geben sich abmühte – dies rote, gemeine Gesicht betrachtend, fühlte er eine Anwandlung von Zorn – und ging vorwärts.

Gemma ergriff seine Hand, reichte ihm mit ruhiger Entschlossenheit ihren Arm und blickte dem gewesenen Bräutigam frei ins Antlitz … Dieser klemmte die Augen, zog sich zusammen, sprang zur Seite, zischte durch die Zähne – das alte Ende vom Liede – und entfernte sich mit demselben zierlichen, ein wenig hüpfenden Gange.

»Was hat der Schuft gesagt?«, fragte Sanin und wollte sich ihm nachstürzen, doch Gemma hielt ihn zurück und ging mit ihm weiter, ihren ihm gereichten Arm nicht mehr zurückziehend.

Die Konditorei von Roselli zeigte sich. Gemma blieb stehen.

»Dimitri, Monsieur Dimitri«, sagte sie; »wir sind noch nicht hereingegangen, haben die Mutter nicht gesehen … Wenn Sie sich überlegen wollen, wenn … Sie sind noch frei, Dimitri.«

Statt einer Antwort drückte Sanin ihre Hand fest an seine Brust und zog sie vorwärts.

»Mutter!«, rief Gemma, mit Sanin in das Zimmer tretend, in welchem Frau Lenora saß. »Da bringe ich den Rechten!«

29.

Hätte Gemma erklärt, dass sie die Cholera oder den Tod selbst mitbringe, so hätte, wie man annehmen darf, Frau Lenora diese Nachricht mit keiner größeren Verzweiflung vernehmen können. Sie setzte sich sofort in eine Ecke des Zimmers, das Gesicht der Wand zugekehrt und zerfloss in Tränen, schrie beinahe wie eine russische Bauersfrau am Sarge ihres Mannes oder Kindes. Gemma geriet anfangs so aus der Fassung, dass sie nicht einmal auf die Mutter zueilte und mitten im Zimmer wie eine Bildsäule stehen blieb; Sanin war ganz verblüfft, er wäre beinahe selbst in Tränen ausgebrochen! Eine ganze Stunde dauerte dieses untröstliche Weinen – eine ganze Stunde! Pantaleone hielt es für nötig, die Straßentür zu schließen, damit kein Fremder eintrete, gut dass es noch so früh war. Der Alte war unschlüssig, jedenfalls missbilligte er die Eilfertigkeit, mit welcher Gemma und Sanin verfuhren, doch war er bereit, ihnen nötigenfalls seinen Schutz angedeihen zu lassen: Er hasste eben Klüber allzu sehr! Emil hielt sich für den Vermittler zwischen seiner Schwester und seinem Freunde und war stolz darauf, dass alles so prachtvoll ausgefallen war! Er konnte gar nicht verstehen, warum die Mutter sich so gräme, und entschied sofort in seinem Innern, dass die Frauen, selbst die besten, an Mangel der Urteilskraft leiden!

Sanin ging es am schlechtesten. Frau Lenora schrie und wehrte mit beiden Händen ab, sobald er sich ihr näherte, und umsonst bemühte er sich, aus der Entfernung ihr laut zuzurufen: »Ich bitte um die Hand ihrer Tochter!« Frau Lenora war namentlich darüber böse, dass sie so blind sein konnte und nichts bemerkt hatte! »Wäre doch mein Giovan' Battista am Leben!«, wiederholte sie unter Tränen. »Nichts Derartiges hätte sich ereignet!« – »Gott, was ist denn das?«, dachte Sanin. »Das ist ja schließlich – dumm!« Weder er wagte Gemma, noch sie ihn anzublicken. Sie begnügte sich, die Mutter, welche anfangs auch sie weggestoßen hatte, geduldig zu pflegen.

Endlich allmählich legte sich der Sturm. Frau Lenora hörte zu weinen auf, erlaubte Gemma, sie aus der Ecke, in die sie sich verborgen hatte, hervorzuführen, sie in einem Sessel Platz nehmen zu lassen, ihr Wasser mit Orangenblüte zu reichen; sie erlaubte Sanin – nicht sich ihr zu nähern – oh nein! – aber im Zimmer zu bleiben (vorher hatte sie beständig verlangt, dass er das Zimmer verlasse) – und unterbrach ihn nicht, wenn er sprach. Sanin benützte sofort die eingetretene Windstille und legte eine bewundernswürdige Beredsamkeit an den Tag: Kaum wäre er imstande gewesen, mit solchem Feuer und solcher Überzeugungskraft seine Absichten und Gefühle vor Gemma auszulegen. Diese Gefühle waren die aufrichtigsten, diese Absichten die reinsten, wie die des Almaviva im Barbier von Sevilla. – Er verbarg weder Frau Lenora, noch sich selbst die schwachen Seiten dieser Absichten, doch diese schwachen Seiten waren nur scheinbar! Allerdings: Er ist ein Ausländer, man hat ihn erst kennengelernt, man weiß nichts Bestimmtes von seiner Persönlichkeit, noch von seinen Mitteln; doch er sei bereit alle nötigen

Beweise zu liefern, dass er ein anständiger Mensch und in keiner dürftigen Lage sei, er wolle die unleugbarsten Zeugnisse seiner Landsleute beibringen! – Er hoffe, dass Gemma mit ihm glücklich sein und er imstande sein werde, ihr die Trennung von den Verwandten zu versüßen! … Die Erwähnung der Trennung, dies eine Wort »Trennung« hätte beinahe alles wieder verdorben. Frau Lenora zitterte förmlich, warf sich hin und her … Sanin beeilte sich zu bemerken, dass die Trennung nur kurz und dass sie wahrscheinlich gar nicht stattfinden würde! …

Die Beredsamkeit Sanins ging nicht verloren. Frau Lenora blickte ihn an, zwar mit Bitterkeit und vorwurfsvoll, doch nicht mehr mit Abscheu und Zorn; dann erlaubte sie ihm an sie heranzutreten und sich neben sie zu setzen (Gemma saß auf der andern Seite). Dann fing sie an, ihm Vorwürfe zu machen – nicht mit Blicken allein, sondern auch mit Worten, was bereits auf eine gewisse Milderung ihres Zornes deutete, sie fing sich zu beklagen an, und ihre Klagen wurden immer stiller, milder; sie wurden mit bald an die Tochter, bald an Sanin gerichteten Fragen untermischt; dann erlaubte sie ihm ihre Hand zu ergreifen, ohne sie sofort zurückzuziehen … dann brach sie in Tränen aus – doch in Tränen ganz anderer Art … Sie lächelte traurig, klagte, wie sehr ihr Giovan' Battista fehle, doch in ganz anderem als dem vorigen verworfsvollen Sinne … Es verging noch ein Augenblick und beide Verbrecher Sanin und Gemma knieten ihr zu Füßen und sie legte die Hände abwechselnd auf ihre Köpfe; noch ein weiterer Augenblick und die beiden umarmten und küssten sie – Emil kam mit vor Entzücken glänzendem Gesicht hereingelaufen und warf sich ebenfalls zu der fest verschlungenen Gruppe. Pantaleone blickte in das Zimmer, lächelte und verfinsterte sich zu gleicher Zeit, und öffnete die Straßentür der Konditorei.

30.

Der Übergang von Verzweiflung zum Gram und von diesem zur stillen Resignation vollzog sich bei Frau Lenora ziemlich rasch – doch auch diese Resignation ging bald in innere Zufriedenheit über, welche jedoch auf jede Weise verborgen und zurückgehalten wurde. Sanin hatte vom ersten Tage an Frau Lenora gefallen; als sie sich an den Gedanken, ihn zum Schwiegersohn zu haben, gewöhnt hatte, konnte sie auch nichts Unangenehmes an ihm finden, obgleich sie es für ihre Pflicht hielt, auf ihrem Gesichte einen gekränkten oder richtiger, besorgten Ausdruck zu unterhalten. Überdies war ja alles, was sich in den letzten Tagen zugetragen, so ungewöhnlich … Eines zum andern! Als praktische Frau und Mutter hielt Frau Lenora es für ihre Pflicht, Sanin den verschiedenartigsten Fragen zu unterwerfen, und Sanin, welcher, zum Stelldichein mit Gemma eilend, nicht einmal an die Möglichkeit einer Heirat mit ihr gedacht hatte – es ist wahr, er hatte an gar nichts gedacht und sich vollständig dem Triebe seiner Leidenschaft überlassen – Sanin erfasste mit voller Bereitwilligkeit, man kann sagen mit Verwegenheit seine Rolle als Bräutigam und antwortete auf alles Ausfragen umständlich genau, willig. Als Frau Lenora zur Überzeugung gelangt war, dass er ein echter, wirklicher Edelmann, und sich sogar ein wenig wunderte, dass er kein Fürst sei, nahm sie eine ernste Miene an, und erklärte ihm im Voraus, dass sie mit ihm ganz aufrichtig, ohne jede Zeremonie sprechen werde, dass die heilige Mutterpflicht ihr dies auferlege! – worauf Sanin erwiderte, dass er dies von ihr erwartet habe, und sie inständig bitte, ihn nicht zu schonen!

Frau Lenora bemerkte dann, dass Herr Klüber – bei diesem Namen seufzte sie leise, biss sich auf die Lippen und hielt inne –, dass Herr Klüber, der gewesene Bräutigam Gemmas, jetzt schon achttausend Gulden Einkommen habe und mit jedem Jahre wachse diese Summe, welches Einkommen habe er, Sanin?

»Achttausend Gulden«, wiederholte Sanin langsam … »Das ist beinahe fünfzehntausend Rubel in Assignaten … Mein Einkommen ist viel kleiner. Ich habe ein kleines Gut im Gouvernement von Tula … Bei guter Bewirtschaftung kann es und wird es mir reichlich fünf- bis sechstausend eintragen … Und wenn ich in den Staatsdienst trete – kann ich leicht zweitausend Rubel Gehalt bekommen.«

»Dienst in Russland?«, rief Frau Lenora. »Ich muss mich also von Gemma trennen!«

»Ich kann die diplomatische Karriere ergreifen«, rief Sanin, »ich habe einige Verbindungen … Dann werde ich hier im Auslande dienen. Man kann auch Folgendes machen, und das wird das Beste sein: Ich verkaufe mein Gut und lege den Kauferlös bei einem vortheilhaften Unternehmen an, z.B. könnte man Ihre Konditorei instand setzen.« Sanin fühlte, dass er ungereimtes Zeug spreche, doch es hatte sich seiner ein unerklärlicher Mut bemächtigt. Er blickte Gemma an, welche jedes Mal, wenn das »praktische« Gespräch begann, aufstand, im Zimmer auf- und abging und sich wieder setzte, er blickt Gemma an – und er kennt keine Hindernisse, er ist bereit, alles sofort auf das Zweckmäßigste einzurichten, nur dass sie sich nicht beunruhige.

»Herr Klüber wollte mir ebenfalls eine kleine Summe zur Verbesserung der Konditorei geben«, sagte nicht ohne Zögern Frau Lenora.

»Mutter! Um Gottes willen! Mutter!«, rief Gemma italienisch.

»So was muss man im Voraus besprechen, liebe Tochter«, antwortete Frau Lenora in derselben Sprache.

Sie wandte sich wieder zu Sanin und fragte ihn aus über die Gesetze, welche in Russland hinsichtlich der Ehe bestehen, ob die Ehe mit Katholiken keine Schwierigkeiten habe wie in Preußen? (Um jene Zeit der vierziger Jahre war noch in ganz Deutschland die Erinnerung an den Zwist der preußischen Regierung mit dem Bischof von Köln wegen der Mischehen gegenwärtig.) Als aber Frau Lenora hörte, dass ihre Tochter, einen russischen Adeligen heiratend, selbst adelig werde, legte sie eine gewisse Zufriedenheit an den Tag. »Doch Sie müssen ja erst nach Russland fahren?«

»Wozu?«

»Und wie anders? Um die Erlaubnis Ihres Kaisers einzuholen ...«

Sanin erklärte ihr, dass das gar nicht nötig sei ... doch dass er wahrscheinlich vor der Hochzeit auf ganz kurze Zeit nach Russland werde fahren müssen, er sprach diese Worte und sein Herz war schmerzlich beklommen; Gemma, die ihn ansah, fühlte es, errötete und wurde nachdenklich – dass er diese Gelegenheit benützen werde, sein Gut zu verkaufen, jedenfalls werde er Geld mitbringen.

»Ich würde Sie bitten, mir gutes Krimer Fell zu einer Mantille zu bringen«, sagte Frau Lenora. »Es soll in Russland so wunderschön und so billig sein!«

»Ganz sicher bringe ich es Ihnen und Gemma ebenfalls!«, rief Sanin.

»Bringen Sie mir ein kleines Saffianhütchen mit Silber gestickt«, rief Emil, den Kopf durch die Türe steckend.

»Gut, ich bringe es dir ... und Pantaleone bekommt Hausschuhe.«

»Wozu das? Wozu?«, bemerkte Frau Lenora. »Wir sprechen jetzt von ernsten Sachen. Noch etwas«, fügte die praktische Dame hinzu: »Sie sagen, Sie wollen das Gut verkaufen. Wie machen Sie das? Sie werden also auch die Bauern verkaufen?«

Sanin fühlte sich getroffen wie von einem Stich. Er erinnerte sich, dass er im Gespräche mit Frau Roselli und ihrer Tochter über Leibeigenschaft, welche nach seinen Worten ihm den größten Widerwillen einflößte, unzählige Male versichert hatte, dass er nie und in keinem Falle seine Bauern verkaufen würde, weil er einen solchen Verkauf für unmoralisch halte.

102

»Ich werde mich bemühen, mein Gut einem Manne zu verkaufen, den ich von guter Seite kennen werde«, sagte er nicht ohne Stocken, »aber vielleicht werden die Bauern selbst sich loskaufen wollen.«

»Dies wäre am besten«, meinte Frau Lenora, »denn Menschen zu verkaufen ...«

»Barbari!«, brummte Pantaleone, der mit Emil an der Türe erschienen war, bewegte sein Toupé und verschwand.

»Fatal!«, dachte Sanin und sah Gemma verstohlen an. Sie schien die letzten Worte nicht gehört zu haben. »Tut nichts!«, dachte er wieder.

In dieser Weise dauerte das praktische Gespräch bis zum Mittag.

Frau Lenora war schließlich ganz zahm geworden – sie nannte Sanin Dimitri, drohte ihm freundlich mit dem Finger, nahm sich vor, seinen Verrat an ihm zu rächen. Lange und umständlich fragte sie ihn über sein Vaterland aus, »das ist ebenfalls sehr wichtig«, sie verlangte selbst, dass er die Zeremonie der Eheschließung, wie sie nach russischem Ritus gebräuchlich sei, beschreiben solle – und war im Voraus über Gemma im weißen Kleide und goldener Krone auf dem Haupte entzückt.

»Sie ist mein schönes Kind, schön wie eine Königin«, rief sie mit mütterlichem Stolze. »Solche Königinnen gibt es nicht einmal!«

»Eine andere Gemma gibt es nicht auf der Welt!«, rief Sanin.

»Ja, darum ist sie auch Gemma!« (Bekanntlich heißt so italienisch Edelstein.)

Gemma warf sich der Mutter zu Füßen. Sie schien jetzt frei zu atmen – die sie bedrückende Last schien ihr von der Seele genommen zu sein.

Sanin aber fühlte sich so glücklich, sein Herz war von so kindlicher Freude beim Gedanken erfüllt, dass endlich doch die Schwärmereien, denen er noch unlängst in demselben Zimmer sich überlassen, sich verwirklicht hatten, sein ganzes Wesen frohlockte so sehr, dass er sich nach der Konditorei begab; er wollte durchaus, er ließ sich nicht davon abbringen hinter dem Ladentische verkaufen, wie vor einigen Tagen ...

»Ich habe jetzt volles Recht dazu! Ich bin ja Hausgenosse!«

Und er stellte sich wirklich hinter dem Ladentische auf und handelte wirklich, d.h. verkaufte an zwei eingetretene Mädchen ein Pfund Konfekten, stattdessen er zwei verabreichte und die Hälfte des Preises nahm.

Beim Mittagessen saß er offiziell als Bräutigam neben Gemma. Frau Lenora setzte ihre praktischen Gespräche fort. Emil lachte beständig und bat Sanin, ihn mit nach Russland zu nehmen. Man beschloss, dass Sanin nach zwei Wochen abreisen solle. Pantaleone allein ging finster umher, was sogar Frau Lenora ihm vorwarf: »Und du noch der Sekundant!« – Pantaleone warf ihr einen finsteren Blick zu.

Gemma schwieg beinahe die ganze Zeit über, doch noch nie war ihr Gesicht schöner und leuchtender. Nach dem Mittagessen rief sie Sanin auf einen Augenblick nach dem Garten, und an derselben Bank, wo sie vor drei Tagen die Kirschen auflas, stehen bleibend, sagte sie: »Dimitri, werde nicht böse; doch ich will dir wiederholen, dass du dich nicht für gebunden halten sollst ...«

Er ließ sie nicht ausreden ...

Gemma wandte ihr Gesicht ab. »Was aber die Mutter erwähnte – du erinnerst dich? – von der Verschiedenheit der Religion – da, nimm! ...«

Sie ergriff ein kleines Kreuzchen aus Granaten, das an feiner Schnur an ihrem Halse hing, zog stark an der Schnur, zerriss sie – und gab ihm das Kreuz.

»Wenn ich dein bin, so ist auch dein Glaube –, mein Glaube!«

Die Augen Sanins waren noch feucht, als er mit Gemma in das Haus zurückkehrte.

Gegen Abend kam alles ins alte Geleise. Man spielte selbst Tresette.

31.

Sanin stand am nächsten Tage früh auf. Er befand sich auf höchster Stufe menschlicher Glückseligkeit; doch nicht diese hatte seinen Schlaf gekürzt; die Frage, die verhängnisvolle Lebensfrage: »Wie verkaufe ich mein Gut so schnell und so vorteilhaft wie möglich?«, nahm ihm die Ruhe. Die mannigfaltigsten Pläne kreuzten sich in seinem Kopf, doch wollte sich noch keiner vollkommen klären. Er ging aus, in die frische Luft, um frisch zu werden. Mit fertigem Plan – nicht anders – wollte er vor Gemma treten.

Was ist das für eine Figur, schwer und dickfüßig, doch anständig gekleidet, die vor ihm geht, ein wenig hin und her wankend und die Füße schleppend? Wo hat er dieses Hinterhaupt, mit blonden Haarzöpfen bewachsen, diesen unmittelbar auf die Schultern gesetzten Kopf, diesen weichen, fetten Rücken, diese geschwollenen, herabhängenden Hände gesehen? Ist es gar Polosoff, sein alter Schulkamerad, den er bereits fünf Jahre aus den Augen verloren? Sanin holte die Figur ein, wandte sich um … Ein breites, gelbliches Gesicht, kleine Schweinsaugen mit weißen Wimpern und Augenbrauen; kurze, flache Nase, große, wie zusammengeklebte Lippen, rundes, haarloses Kinn, und namentlich der Gesichtsausdruck säuerlich, faul, misstrauisch – ja wirklich, das ist er, es ist Hippolyt Polosoff.

»Wirkt wohl wieder mein Stern?«, dachte Sanin.

»Polosoff! Hippolyt Sidoritsch! Bist du es?«

Die Figur blieb stehen, hob ihre ganz kleinen Augen in die Höhe, wartete ein wenig und rief endlich, seine Lippen auseinander reißend, mit heiserer Fistelstimme:

»Dimitri Sanin?«

»Ich selbst!«, rief Sanin und drückte die Hand von Polosoff; in enge, perlgraufarbige Handschuhe gepresst, hingen seine Hände leblos wie vorher an den hervortretenden Schenkeln. »Bist du schon lange hier? Woher kommst du? Wo bist du abgestiegen?«

»Ich bin gestern aus Wiesbaden gekommen«, antwortete, ohne sich zu beeilen, Polosoff, »Einkäufe für meine Frau zu machen und kehre schon heute nach Wiesbaden zurück.«

»Ach ja! Du bist ja verheiratet, man sagt, mit einer Schönheit.«

Polosoff blickte nach der Seite. – »Man sagt es.«

Sanin lachte. – »Ich sehe, du bist wie früher … derselbe Phlegmatiker wie in der Schule.«

»Warum soll ich mich verändern?«

»Und man sagt«, fügte Sanin mit besonderer Betonung hinzu, »man sagt, dass deine Frau sehr reich sei.«

»Auch das sagt man.«

»Und dir selbst, Hippolyt Sidoritsch, ist es dir denn etwa nicht bekannt?«

»Ich mische mich, lieber Dimitri Pa … Pawlowitsch? – ja Pawlowitsch! – nicht in die Angelegenheiten meiner Frau.«

»Mischest dich nicht? In keine Angelegenheiten?«

Polosoff ließ wiederum seine Augen hin- und herirren. – »In keine, mein Lieber. Sie lebt für sich … ich desgleichen.«

»Wo gehst du jetzt hin?«, fragte Sanin.

»Jetzt gehe ich nirgends hin; ich stehe und spreche mit dir; dann aber gehe ich in mein Gasthaus und frühstücke.«

»Willst du mich zum Gefährten haben?«

»Das heißt, zum Frühstück?«

»Ja.«

»Tu' mir den Gefallen. In Gesellschaft zu essen, ist weit lustiger. Du bist doch kein Schwätzer?«

»Ich glaube nicht.«

»Dann ist ja alles gut.«

Polosoff bewegte sich vorwärts. Sanin schritt neben ihm.

Und Sanin dachte nach – Polosoffs Lippen waren wieder wie zusammengeklappt, er atmete schwer, keuchte und wankte schweigend einher – Sanin dachte: Auf welche Weise war es diesem Klotz gelungen, eine schöne und reiche Frau zu erjagen? Er selbst ist weder reich, noch vornehm, noch klug; im Gymnasium galt er für einen unfähigen, bornierten Jungen, für eine Schlafmütze und einen Vielfraß – man gab ihm sogar den Spitznamen »Spucke« – reines Wunder!

Doch wenn seine Frau sehr reich ist – man sagt, sie sei die Tochter eines Branntweinpächters – da kann sie ja mein Gut kaufen! Er sagt zwar, er mische sich in keine Angelegenheiten seiner Frau, doch dem ist nicht zu glauben! Ich will auch einen passenden, vorteilhaften Preis bestimmen! Warum nicht den Versuch machen? Vielleicht wirkt auch hierbei mein Stern … Es sei! Ich versuche es!

Polosoff führte Sanin in das beste Hotel von Frankfurt, wo er selbstverständlich die besten Zimmer einnahm. Auf den Tischen, Stühlen standen Kartons, Kisten, Pakete …

»Lauter Einkäufe für Maria Nikolaewna, mein Freund!«

Polosoff ließ sich in einen Sessel nieder, stöhnte: »Welche Hitze!«, und nahm sein Halstuch weg. Dann klingelte er dem Oberkellner und bestellte bei ihm umständlich ein reichliches Frühstück.

»Um ein Uhr muss der Wagen fertig sein! Hören Sie es, punkt eins!«

Der Oberkellner verneigte sich kriechend und verschwand mit einer servilen Verbeugung.

Polosoff knöpfte seine Weste auf. Schon aus der Weise, wie er die Augenbrauen in die Höhe hob, pustete, die Nase verzog, konnte man entnehmen, dass das Sprechen eine große Last für ihn sei, und er mit einer gewissen Angst abwarte, ob Sanin ihn, seine Zunge in Bewegung zu setzen, zwingen oder die Mühe, das Gespräch zu führen, auf sich nehmen werde?

Sanin begriff die Stimmung seines Freundes und belästigte ihn nicht mit Fragen; er begnügte sich mit dem Unentbehrlichsten. Er erfuhr, dass Polosoff zwei Jahre als Ulan gedient (Als Ulan! Der muss in der kurzen Jacke schön ausgesehen haben!), vor drei Jahren geheiratet habe und jetzt bereits das zweite Jahr mit seiner Frau sich im Ausland befinde, welche im Augenblick sich von etwas in Wiesbaden kurieren lasse, dann fahre er nach Paris. Seinerseits sprach Sanin von seinem früheren Leben, von seinen Plänen ebenso kurz; er griff sofort das Wichtigste an, d.h. er sprach von seiner Absicht, sein Gut zu verkaufen.

Polosoff hörte ihm schweigend zu, nur manchmal auf die Türe blickend, durch welche das Frühstück seinen Eingang halten musste. Endlich erschien das Frühstück. Der Oberkellner in Begleitung von zwei anderen, brachte eine Menge Schüsseln unter silbernen Deckeln.

»Dein Gut liegt im Gouvernement Tula?«, fragte Polosoff, sich an den Tisch setzend und die Serviette hinter seinen Kragen befestigend.

»Ja, in Tula.«

»Im Efremoffschen Kreise? Ich kenne es.«

»Du kennst meine Alexeewka?«, fragte Sanin, sich ebenfalls an den Tisch setzend.

»Ja, ich kenne sie.« Polosoff füllte seinen Mund mit einer Omelette *aux truffes.* »Maria Nikolaewna, meine Frau, hat ein Gut in der Nähe. – Öffnen Sie die Flasche, Kellner! – Der Boden ist gut, nur haben deine Bauern viel Wald bei dir ausgehauen. Warum verkaufst du das Gut?«

»Ich brauche Geld, Freund. Ich würde es billig lassen. Du solltest es kaufen … Für dich wäre es ganz passend.«

Polosoff schluckte ein Glas Wein hinunter, wischte sich mit der Serviette und kaute wieder – langsam und geräuschvoll.

»Aber«, rief er endlich, »ich kaufe keine Güter, habe kein Geld. – Reiche mir die Butter. – Meine Frau wird es vielleicht kaufen.

Sprich mit ihr. Wenn du nicht teuer bist – sie ist keine Kostverächterin … Sind die Deutschen aber ungeschickt! Können keinen Fisch kochen. Was kann einfacher sein? Und wollen noch ein einiges Deutschland. – Kellner, nehmen Sie das Zeug fort!«

»Verwaltet denn wirklich deine Frau ihr Vermögen selbst?«, fragte Sanin.

»Ja. – Die Koteletten – die sind gut. Ich empfehle sie dir. – Ich habe dir, Dimitri Pawlowitsch, bereits gesagt, dass ich mit den Angelegenheiten meiner Frau nichts zu tun habe – und wiederhole es auch jetzt.«

Polosoff fuhr zu kauen fort.

»So … Doch wie kann ich, Hippolyt Sidoritsch, mit ihr sprechen?«

»Sehr einfach, Dimitri Pawlowitsch. Fahre nach Wiesbaden, es ist nicht weit. – Kellner, haben Sie keinen englischen Senf? – Nein? Kanaillen! – Verliere aber keine Zeit. Übermorgen fahren wir. – Erlaube, ich gieße dir ein Glas Wein ein – der Wein hat Blume – ist nicht sauer.«

Das Gesicht Polosoffs wurde röter und lebendiger; es wurde lebendiger nur wenn er … aß oder trank.

»Warum hast du aber solche Eile?«

»Das ist ja gerade die Schwierigkeit.«

»Und brauchst du eine große Summe?«

»Freilich eine große. Ich will … wie soll ich es dir sagen … ich beabsichtige … zu heiraten.«

Polosoff stellte das Glas, welches er bereits zu den Lippen geführt, auf den Tisch.

»Heiraten!«, rief er mit heiserer, vor Verwunderung heiserer Stimme, und faltete die Hände über dem Bauche. »So plötzlich?«

»Ja … so schnell.«

»Die Braut ist doch wohl in Russland?«

»Nein, nicht in Russland.«

»Wo … also?«

»Hier, in Frankfurt.«

»Und wer ist sie?«

»Eine Deutsche; das heißt, sie ist eine Italienerin – doch hier ansässig.«

»Ist sie reich?«

»Nein.«

»Die Liebe ist also sehr stark?«

»Wie du lächerlich bist! Freilich stark.«

»Und dazu brauchst du Geld?«

»Jawohl … ja … ja!«

Polosoff schluckte den Wein hinunter, spülte sich den Mund, wusch sich die Hände, trocknete sich gewissenhaft mit der Serviette, nahm eine Zigarre und rauchte sie an. Sanin betrachtete ihn.

»Das einzige Mittel«, rief endlich Polosoff, den Kopf zurückwerfend und den Rauch in dünnen Säulen aufsteigen lassend, »geh zu meiner Frau. Wenn sie will, wird sie alle deine Sorgen mit einem Male nehmen.«

»Doch wie soll ich deine Frau sehen? Du sagst ja, dass ihr übermorgen wegfährt?«

Polosoff schloss die Augen.

»Weißt du, was ich dir sagen werde?«, sagte er, die Zigarre zwischen den Lippen drehend und schwer atmend. »Gehe nach Hause, mache dich schnell reisefertig und komme hierher. Um eins fahre ich weg, mein Wagen ist geräumig – ich nehme dich mit. Das ist das Beste. Jetzt aber werde ich schlafen. Wenn ich gegessen habe, muss ich durchaus schlafen. Meine Natur verlangt es – und ich widerstehe ihr nicht. Störe auch du mich nicht.«

Sanin dachte nach, dachte nach – plötzlich erhob er den Kopf: Er hatte sich entschlossen!

»Gut, ich bin einverstanden und danke dir. Um halb eins bin ich hier, wir fahren zusammen nach Wiesbaden. Ich hoffe, deine Frau wird nicht übelnehmen …«

110

Doch Polosoff atmete wieder schwer. Er lallte: »Störe mich nicht!«, bewegte die Beine hin und her und schlief ein wie ein kleines Kind.

Sanin richtete noch einen Blick auf seine schwerfällige Figur, auf seinen Kopf, auf seinen Hals, auf sein in die Höhe gerichtetes, wie ein Apfel rundes Kinn und eilte, nachdem er das Hotel verlassen, mit raschen Schritten nach der Konditorei von Roselli. Er musste doch Gemma davon in Kenntnis setzen.

32.

Er traf sie mit der Mutter in der Konditorei. Diese war damit beschäftigt, gebückten Rückens mit einer zusammenlegbaren Elle den Zwischenraum zwischen den Fenstern abzumessen. Bei Sanins Anblick richtete sie sich auf und begrüßte ihn freundlich, doch ein wenig verlegen.

»Nach dem, was Sie gestern fallen ließen, bin ich beständig in Gedanken, in welcher Weise man den Laden verschönern soll. Ich glaube, wir stellen hier zwei kleine Schränke mit Spiegelglasfenstern auf. Jetzt ist es so Mode. Und dann ...«

»Prachtvoll, prachtvoll«, unterbrach sie Sanin, »das alles wird zu überlegen sein. Doch kommen Sie, ich habe ihnen etwas mitzuteilen.«

Er nahm Frau Lenora und Gemma an der Hand und führte sie in das andere Zimmer. Frau Lenora wurde unruhig und ließ das Maß fallen ... Gemma wurde ebenfalls etwas erregt, sah Sanin scharf an und beruhigte sich dann. Sanins Gesicht, wiewohl besorgt, drückte Mut und Entschlossenheit aus.

Er bat die beiden Damen, sich zu setzen, stellte sich vor sie hin und teilte ihnen, die Hände bewegend und in seinen Haaren spielend, alles mit: das Begegnen mit Polosoff, die beabsichtigte Reise nach Wiesbaden, die Möglichkeit, das Gut zu verkaufen. »Stellen

111

Sie sich mein Glück vor«, rief er zuletzt; »die Sache hat sich so gewendet, dass ich vielleicht gar nicht nach Russland zu fahren brauche! Auch die Hochzeit wird man dann viel früher feiern können, als ich mir gedacht hatte!«

»Wann müssen Sie fahren?«, fragte Gemma.

»Heute, in einer Stunde; mein Freund hat einen Wagen, er nimmt mich mit.«

»Sie schreiben uns?«

»Sicherlich! Sofort, nachdem ich diese Dame gesprochen haben werde.«

»Diese Dame ist – sehr reich?«, fragte die praktische Frau Lenora.

»Ungeheuer reich! Ihr Vater war ein Millionär und hat ihr alles hinterlassen.«

»Alles – ihr allein? Ja, Sie haben Glück! Doch nehmen Sie sich in acht, verkaufen Sie das Gut nicht zu billig! Seien Sie besonnen und fest. Lassen Sie sich nicht hinreißen! Ich verstehe Ihren Wunsch, so schnell wie möglich Gemma zu heiraten, doch Vorsicht vor allem! Vergessen Sie eines nicht: Je teurer Sie das Gut verkaufen, desto mehr bleibt für Sie beide und für Ihre Kinder.«

Gemma wandte sich ab, die Erregung Sanins gab sich in dem unruhigere Hin- und Herbewegen seiner Arme kund.

»Auf meine Vorsicht können Sie sich verlassen. Ich sage ihr den richtigen Preis, willigt sie ein – dann gut, wenn nicht – dann behüte sie Gott!«

»Sie kennen sie, diese Dame?«, fragte Gemma.

»Ich habe sie nie gesehen.«

»Und wann kommen Sie zurück?«

»Wenn wir das Geschäft nicht zustande bringen, übermorgen; wenn aber alles gut geht, werde ich wohl noch ein oder zwei Tage zugeben müssen. Jedenfalls werde ich keinen Augenblick versäumen. Hier lasse ich ja meine Seele zurück! Doch ich plaudere hier mit Ihnen, und ich muss ja noch vor der Abfahrt in meinen Gasthof

... Reichen Sie mir die Hand, Frau Lenora, auf das gute Gelingen – es ist so Sitte bei uns in Russland.«

»Die rechte oder die linke?«

»Die linke ist dem Herzen näher. Ich komme übermorgen – mit dem Schilde, oder auf dem Schilde! Etwas sagt mir: Ich komme als Sieger! Leben Sie wohl, meine Guten, meine Teueren ...«

Er umarmte und küsste Frau Lenora, und bat Gemma mit ihm in ihr Zimmer zu gehen – auf einen Augenblick – weil er ihr etwas Wichtiges ... Er wollte einfach unter vier Augen sich von ihr verabschieden. Frau Lenora begriff dies – und zeigte kein Begehren, die wichtige Angelegenheit kennenzulernen.

Sanin hatte noch nie Gemmas Zimmer betreten. Der ganze Zauber der Liebe, ihr ganzes Feuer, das Entzücken und die süße Angst derselben drangen in seine Seele, wurden zu heller Flamme in ihm, sobald er die heilige Schwelle überschritten ... Er warf einen gerührten Blick um sich, sank vor dem geliebten Mädchen nieder und drückte sein Gesicht fest an ihre Gestalt.

»Du bist mein?«, flüsterte sie. »Du kehrst bald zurück?«

»Ich bin dein ... ich kehre wieder«, wiederholte er beständig, fast atemlos.

»Ich will dich erwarten, mein Teurer!«

Einige Augenblicke darauf war Sanin bereits in eiligem Laufe nach seiner Wohnung. Er hatte gar nicht bemerkt, dass ihm nach Pantaleone ganz zerzaust aus der Konditorei herausgesprungen war – ihm etwas nachschrie und mit hoch erhobener Hand ihm – zu drohen schien.

Punkt dreiviertel eins erschien Sanin bei Polosoff. Vor seinem Hotel stand bereits der Wagen mit vier Pferden bespannt. Polosoff rief, ihn bemerkend: »So, du hast dich entschlossen?«, und trat, nachdem er seinen Hut aufgesetzt und Mantel und Überschuhe angezogen und trotz des Sommers sich Watte in die Ohren gestopft hatte, auf die Hausflur. Die Kellner ordneten nach seinen Anweisungen alle seine Einkäufe im Innern des Wagens, umgaben seinen Sitz mit seidenen Kissen, Reisesäcken, Bündeln, stellten ihm zu Füßen einen Korb mit Speisen und banden seinen Reisekoffer auf dem Bocke an. Polosoff bezahlte mit freigebiger Hand und kroch, respektvoll vom diensteifrigen Portier unterstützt, ächzend in den Wagen, setzte sich, rückte alles um sich zurecht, suchte eine Zigarre aus, rauchte sie an – und dann erst winkte er Sanin mit dem Finger: Komm nämlich auch du! Sanin nahm neben ihm Platz, Polosoff ließ dem Kutscher durch den Portier sagen, er solle gut fahren, wenn er Trinkgeld verdienen wolle. Die Wagentüre flog zu, der Wagen rollte fort.

33.

Von Frankfurt nach Wiesbaden fährt man jetzt mit der Eisenbahn kaum eine Stunde, damals kam man mit der Extrapost kaum in drei Stunden hin. Man wechselte wohl fünfmal die Pferde. Polosoff schien teils zu schlummern, teils sich hin- und herwiegen zu lassen; die Zigarre im Munde, sprach er kein Wort; kein einziges Mal blickte er durch das Fenster; die malerischen Landschaften interessierten ihn nicht, er erklärte sogar, die Natur – sei sein Tod! Sanin schwieg ebenfalls und kümmerte sich nicht um Aussichten, etwas anderes erfüllte sein Herz. Er überließ sich ganz seinen Gedanken, seinen Erinnerungen. Auf den Stationen bezahlte Polosoff; er sah nach der Uhr und belohnte die Postillione – reichlich oder karg, – je nach dem Eifer, den ein jeder an den Tag gelegt. Auf der Mitte des Weges nahm er aus dem Korbe mit den Vorräten zwei Apfelsinen heraus, wählte für sich die beste und bot die andere Sanin an. Sanin sah seinen Gefährten an – und lachte.

»Warum lachst du?«, fragte dieser, mit seinen kurzen, weißen Nägeln die Schale der Apfelsine sorgfältig abnehmend.

»Warum?«, wiederholte Sanin. »Über meine Reise mit dir.«

»Wieso?«, fragte Polosoff wieder, indem er eines jener länglichen Stücke, aus denen das Innere der Apfelsine besteht, durch seinen Mund zog.

»Sie ist zu sonderbar. Gestern dachte ich ebenso wenig an dich, wie an den Kaiser von China – und heute fahr ich mit dir, um mein Gut deiner Frau zu verkaufen, von der ich ebenfalls keine Vorstellung habe.«

»Alles kommt vor!«, antwortete Polosoff. »Lebe nur ein wenig länger – du erfährst dann genug; z.B. kannst du dir vorstellen, dass ich als Ordonnanz zum Kaiser mit einer Meldung heranritt? Und ich ritt heran, der Großfürst Michael kommandiert: Trab, der dicke Fähnrich soll Trab reiten! Mehr Trab!«

Sanin kratzte sich hinter dem Ohre.

»Sage mir, lieber Hippolyt Sidoritsch, wie ist deine Frau eigentlich? Was hat sie für einen Charakter? Das muss ich doch wissen.«

»Er hat gut Trab kommandieren!«, rief mit plötzlicher Heftigkeit Polosoff. »Doch wie ist mir – mir dabei? Da habe ich mir gedacht: Nehmt Euch alle Eure Ehren und Eure Epauletten – und Gott sei mit Euch! … Ach ja, du frägst über meine Frau. Was – meine Frau? Ein Mensch wie alle anderen. Den Finger darf man ihr nicht in den Mund legen,[2] das liebt sie nicht. Die Hauptsache ist – zu sprechen, viel zu sprechen … so dass man darüber lachen kann … Erzähle ihr über deine Liebe etwas … aber drolliger, verstehst du?«

»Wie drolliger?«

»Nun so. Du hast mir ja gesagt, dass du verliebt bist, heiraten willst. Beschreibe das alles recht hübsch.«

---

2 Sprichwörtliche Redeweise, gleichbedeutend: Man darf ihr nicht zu nahe kommen.

Sanin fühlte sich beleidigt. – »Was findest du Komisches dabei?«

Polosoff ließ wieder seine Augen umherschweifen. Der Saft der Apfelsine floss über sein Kinn.

»Ist es deine Frau, die dich nach Frankfurt, Einkäufe zu machen, geschickt hat?«

»Sie selbst.«

»Was sind das für Einkäufe?«

»Spielzeug, versteht sich.«

»Spielzeug? Hast du denn Kinder?«

Polosoff rückte von Sanin ab.

»Was denn! Wie soll ich zu Kinder kommen! Fauxcols … Anzüge … Toilettesachen …«

»Verstehst du etwas davon?«

»Freilich.«

»Du hast mir aber gesagt, dass die Angelegenheiten deiner Frau dich nichts angehen?«

»Diese ausgenommen. Sie sind nicht lästig. Man beschäftigt sich damit aus Langeweile. Meine Frau vertraut meinem Geschmack. Auch verstehe ich zu handeln.«

Polosoff sprach wieder brockenweise; er war bereits müde.

»Und ist deine Frau wirklich sehr reich?«

»Reich ist sie; doch mehr für sich.«

»Du kannst dich übrigens, wie es scheint, nicht beklagen?«

»Dafür bin ich ihr Mann. Wie wäre es anders möglich? Ich bin ihr auch von Nutzen! Sie hat es gut mit mir. Ich bin – bequem.«

Polosoff trocknete sein Gesicht mit einem Foulard und schnaubte. »Habe Mitleid mit mir«, schien er sagen zu wollen, »zwinge mich nicht, mehr Worte zu machen. Du siehst, wie es mir schwer fällt.«

Sanin ließ ihn in Ruhe – und hing wieder seinen Gedanken nach.

Das Hotel in Wiesbaden, vor welchem der Wagen anhielt, sah weniger einer Gastwirtschaft als einem Palaste ähnlich. Verschiedene

Glocken ertönten sofort im Innern desselben, es entstand ein Laufen, ein Rennen; wohlgestaltete Menschen im schwarzen Fracke tänzelten am Haupteingang; der mit Goldtressen wie übergossene Portier öffnete mit Schwung die Wagentüre.

Wie ein Triumphator stieg Polosoff heraus und ging die mit Teppichen bedeckte, von Räucherwerk duftende Treppe hinauf. Ein ebenfalls fein gekleideter Mann mit russischer Gesichtsbildung – sein Kammerdiener – sprang an ihn heran. Polosoff bemerkte ihm, dass er in Zukunft ihn stets mit sich nehmen werde – denn man hätte ihn den Tag vorher in Frankfurt ohne heißes Wasser für die Nacht gelassen! Der Kammerdiener drückte in seinen Zügen Schrecken aus – verbeugte sich und zog dem Herrn die Überschuhe aus.

»Ist Maria Nikolaewna zu Hause?«, fragte Polosoff.

»Jawohl. Sie belieben sich anzuziehen. Sie speisen bei der Gräfin Lasunska.«

»So! Bei dieser …! Warte! Dort im Wagen sind Sachen – nimm sie alle selbst heraus und bringe sie her. Und du, Dimitri Pawlowitsch, nimm dir ein Zimmer und komme in einer Stunde zu mir. Wir wollen zusammen zu Mittag essen.«

Polosoff wankte weiter, Sanin verlangte ein einfaches Zimmer für sich, ruhte aus, machte seine Toilette in Ordnung und begab sich in die großartigen Gemächer, die Seine Durchlaucht Fürst von Polosoff innehatte.

Er traf diesen »Fürsten« in einem üppigen Samtsessel, mitten im prachtvollen Salon sitzend. Der phlegmatische Freund Sanins hatte bereits ein Bad genommen und sich mit reichem Atlasschlafrock und purpurrotem Fez bekleidet. Sanin trat an ihn heran und betrachtete ihn einige Augenblicke. Polosoff saß unbeweglich wie ein Götze, wandte selbst das Gesicht Sanin nicht zu, rührte die Augenbrauen nicht, gab keinen Ton von sich. Das Schauspiel hatte wirklich sein Großartiges. Nachdem er ihn genug bewundert, wollte Sanin bereits

zu sprechen anfangen, diese feierliche Stille brechen – als plötzlich
die Tür des Nebenzimmers sich öffnete und eine junge, schöne
Dame, in weiß seidenem, mit schwarzen Spitzen besetzten Kleide,
mit Brillanten an den Armen und am Halse – Maria Nikolaewna
Polosoff selbst – an der Schwelle erschien. Dichtes, blondes Haar
in geflochtenen, doch noch nicht geordneten Zöpfen fiel an beiden
Seiten ihres Hauptes herab.

34.

»Ach, entschuldigen Sie«, rief sie mit halb verlegenem, halb spötti-
schem Lächeln, sofort mit der Hand das Ende der einen Haarflechte
ergreifend und ihre großen, grauen, lichten Augen auf Sanin heftend.
»Ich glaubte nicht, dass Sie bereits hier seien.«

»Sanin, Dimitri Pawlowitsch, mein Schulfreund«, sprach Polosoff
wie vorher, ohne sich ihm zuzuwenden, ohne aufzustehen, bloß mit
dem Finger auf ihn deutend.

»Ja … ich weiß es … du hast es mir bereits gesagt. Ich bin sehr
erfreut, Ihre Bekanntschaft zu machen. Doch jetzt möchte ich dich
bitten … Hippolyt Sidoritsch … Mein Mädchen ist heute so ungeschickt …«

»Ich soll dir die Haare ordnen?«

»Ja, bitte Hippolyt Sidoritsch«, wiederholte Maria Nikolaewna
mit dem früheren Lächeln, nickte Sanin mit dem Kopfe zu, wandte
sich rasch um und verschwand hinter der Tür, einen vorübergehenden doch harmonischen Eindruck eines wunderschönen Halses,
üppiger Schultern, einer wundervollen Gestalt hinter sich zurücklas-
send.

Polosoff stand auf – und schwer sich hin- und herwiegend verschwand er in derselben Tür.

Sanin zweifelte keinen Augenblick, dass seine Anwesenheit im Solon des »Fürsten Polosoff« dessen Gattin ganz gut bekannt war; das ganze Kunststück war beabsichtigt, um ihm ihr Haar zu zeigen, das wirklich prachtvoll war. Sanin war sogar über dieses Kunststück der Frau Polosoff innerlich erfreut; wenn sie mich blenden, vor mir glänzen wollte – wer kann wissen, vielleicht zeigt sie sich in der Geldfrage ebenso zuvorkommend? Seine Seele war von Gemma so erfüllt, dass alle anderen Frauen für ihn keine Bedeutung hatten, er bemerkte kaum dieselben; auch diesmal begnügte er sich zu denken: Ja, man hat mich wohl – unterrichtet – diese Dame ist wirklich nicht übel. Wäre er in keiner so ausschließlichen Seelenstimmung, er hätte sicherlich anders geurteilt: Maria Nikolaewna Polosoff, geb. Kolischkin, war eine höchst bemerkenswerte Persönlichkeit. Nicht dass sie eine vollkommene Schönheit gewesen wäre – man konnte sogar deutliche Spuren ihres plebejischen Ursprunges bei ihr wahrnehme. Ihre Stirn war niedrig, die Nase etwas fleischig und in die Höhe gezogen; sie konnte weder Feinheit der Haut, noch Zierlichkeit der Hände und Füße an sich rühmen – doch was verschlug dies? Nicht vor dem »Heiligtum der Schönheit«, um sich Puschkins Worte zu bedienen, blieb ein jeder, der ihr begegnete, stehen, sondern vor der Anziehungskraft des gewaltigen russisch-zigeunerischen, blühenden, weiblichen Körpers … und nicht unwillkürlich blieb er stehen!

Doch Gemmas Bild schützte Sanin wie der »dreifache Panzer«, von dem die Dichter singen.

Nach etwa zehn Minuten erschien Maria Nikolaewna wieder in Begleitung ihres Mannes. Sie kam zu Sanin heran … und ihr Gang war der Art, dass er einigen Sonderlingen jener, leider, bereits entfernten Zeit genügte, um den Verstand zu verlieren. »Wenn diese Frau dir naht, scheint sie das Glück deines ganzen Lebens dir entgegenzutragen«, redete einer derselben. Sie kam zu Sanin und sagte, ihm die Hand reichend, mit ihrer freundlichen und doch zurückhaltenden Stimme: »Sie werden mich doch erwarten, nicht wahr? Ich kehre bald zurück.«

Sanin verbeugte sich achtungsvoll und Maria Nikolaewna war bald hinter dem Vorhange der Tür verschwunden, und im Verschwinden hatte sie nochmals den Kopf gewandt, hatte wiederum gelächelt, und sie ließ den ganzen harmonischen Eindruck zurück, den sie vorhin bei ihrem Erscheinen geübt hatte.

Wenn sie lächelte, zeigten sich nicht ein oder zwei, sondern drei Grübchen auf jeder ihrer Wangen – und noch mehr als ihre Lippen, als ihre rosigen, langen, wohlschmeckenden Lippen, mit zwei kaum merklichen Muttermalen an der linken Seite, lächelten ihre Augen.

Polosoff wälzte sich ins Zimmer und nahm im Sessel Platz. Er schwieg wie früher, doch ein sonderbares Lächeln wölbte von Zeit zu Zeit seine farblosen, schon welken Wangen.

Er sah recht alt aus, obgleich er bloß drei Jahre älter als Sanin war.

Das Mittagsessen, das er seinem Freunde vorsetzte, hätte sicher den schwierigsten Feinschmecker befriedigt, doch Sanin fand es endlos, unerträglich! Polosoff aß langsam, mit Gefühl, Verständnis und in Absätzen, aufmerksam sich über den Teller neigend und fast jedes Stück beriechend; zunächst spülte er sich den Mund mit Wein, dann schlang er das Stück hinein und schnalzte mit den Lippen … Beim Braten wurde er gesprächig, doch, worüber? Über Merinoschafe, deren er eine ganze Herde zu verschreiben beabsichtigte, und so umständlich, mit solcher Zärtlichkeit behandelte er dies Thema, dass er sich ausschließlich der Verkleinerungsnamen bediente. Darauf trank er eine Tasse heißen, kochendheißen Kaffee (einige Male erinnerte er den Kellner mit weinerlicher, gereizter Stimme, dass man ihm das letzte Mal kalten, eiskalten Kaffee serviert habe), biss mit seinen krummen, gelben Zähnen eine Havannazigarre ab und schlummerte nach seiner Gewohnheit ein, zur größten Freude Sanins, welcher, mit lautlosem Schritte sich auf dem weichen Teppich hin- und herbewegend, sann, was sein Leben mit Gemma sei, mit welcher Nachricht er zurückkommen werde. Doch Polosoff wachte auf, früher als gewöhnlich, wie er bemerkte; er hatte bloß anderthalb Stunden geschlafen; er trank ein Glas Selterwasser mit Eis, verschluckte an acht Löffel Eingemachtes, russisches Eingemachtes, das ihm sein Kammerdiener in dunkelgrüner, echt Kinn'schen Glasbüchse servierte, ohne welches er, meinte er, nicht leben könnte, glotzte Sanin aus seinen aufgeschwollenen Augen an und fragte ihn, ob er mit ihm schwarzen Peter spielen wolle? Sanin war gern bereit; er hatte Angst, dass Polosoff wieder von Merinoschäfchen, von Lämmchen, von Fettschwänzchen zu sprechen anfange. Der Kellner brachte die Karten und das Spiel begann, freilich nicht um Geld.

Bei dieser unschuldigen Beschäftigung traf sie Maria Nikolaewna, von der Gräfin Lasunska zurückgekehrt.

Sie lachte laut auf, als sie in das Zimmer trat und die Karten und den geöffneten Spieltisch erblickte. Sanin sprang auf, doch sie rief: »Bleiben Sie sitzen, spielen Sie weiter – ich ziehe mich sofort um und komme zu Ihnen« – und verschwand mit ihrem Kleide rauschend und im Gehen ihre Handschuhe ausziehend.

Wirklich kehrte sie bald wieder. Ihr Gesellschaftskleid hatte sie mit einem weiten seidenen Hausrocke von fliederblauer Farbe mit weit geöffneten Ärmeln vertauscht, eine dicke, gewirkte Schnur umgab ihre Taille. Sie setzte sich zu ihrem Manne – wartete, bis er »Schwarzer Peter« wurde, rief ihm: »Nun, Dicker« – beim Worte »Dicker« sah Sanin sie verwundert an – sie aber lächelte lustig, antwortete auf seinen Blick mit dem ihrigen – und ließ wieder alle Grübchen ihrer Wangen sehen, »nun, Dicker, ist's genug; ich sehe, du willst schlafen; küsse meine Hand und verziehe dich; ich aber will mit Herrn Sanin plaudern.«

»Schlafen will ich nicht«, sagte Polosoff, sich schwerfällig vom Sessel erhebend, »doch mich verziehen will ich – das tue ich; auch die Hand will ich küssen.« Sie hielt ihm ihre Hand vor, ohne aufzuhören zu lächeln und Sanin anzublicken.

Auch Polosoff sah ihn an und ging weg, ohne sich von ihm zu verabschieden.

»Erzählen Sie, erzählen Sie«, rief Maria Nikolaewna lebhaft, beide entblößten Ellenbogen zugleich auf den Tisch stützend und die Nägel der einen Hand ungeduldig gegen die der andern schlagend; »ist es wahr, dass Sie heiraten wollen?«

Beim Aussprechen dieser Worte hatte Maria Nikolaewna ihren Kopf sogar ein wenig zur Seite geneigt, um Sanin noch schärfer und durchdringender in die Augen zu blicken.

35.

Obgleich Sanin kein Neuling war und sich bereits an den Leuten gerieben hatte, würde ihn dennoch dies ungezwungene Benehmen der Frau Polosoff anfänglich sicherlich verlegen gemacht haben, wenn er nicht gerade in diesem Benehmen, in dieser Vertraulichkeit ein günstiges Vorzeichen für das Gelingen seines Unternehmens erblickt hätte. »Ich will den Einfällen dieser reichen Frau nachgeben«, entschied er bei sich und antwortete ihr deshalb ebenso ungezwungen, wie sie ihn befragte:

»Ja, ich heirate!«

»Wen? Eine Ausländerin?«

»Ja.«

»Haben Sie schon seit Langem ihre Bekanntschaft gemacht? In Frankfurt?«

»Allerdings.«

»Und wer ist sie? Kann man es erfahren?«

»Freilich, sie ist die Tochter eines Konditors.«

Maria Nikolaewna öffnete weit ihre Augen und zog die Augenbrauen in die Höhe.

»Das ist ja wunderschön!«, rief sie, diese Worte dehnend. »Prachtvoll! Ich glaubte, man könne solchen jungen Leuten, wie Sie, nicht mehr auf dieser Welt begegnen. Tochter eines Konditors!«

»Das scheint Sie in Erstaunen zu setzen, wie ich sehe«, erwiderte Sanin nicht ohne Würde, »doch erstens habe ich keine Vorurteile ...«

»Erstens wundere ich mich nicht im Geringsten«, unterbrach ihn Maria Nikolaewna. »Vorurteile habe ich auch nicht. Ich selbst bin die Tochter eines Bauern. Nun? Wer hat recht? Ich wundere mich, und ich freue mich, dass es einen Menschen gibt, der sich nicht fürchtet zu lieben. Sie lieben sie doch?«

»Ja.«

»Ist sie sehr schön?«

Diese Frage setzte Sanin in Verlegenheit ... Doch man musste sich fügen ...

»Sie wissen, Maria Nikolaewna«, fing er an, »dass jedem das Gesicht seiner Geliebten schöner erscheint als das der anderen; doch meine Braut ist wirklich eine Schönheit.«

»Wirklich? Doch welcher Art? Italienisch? Antik?«

»Ja, sie hat sehr regelmäßige Züge.«

»Sie haben kein Porträt von ihr bei sich?«

»Nein.« (In der Zeit dachte man noch nicht an Fotografien; kaum hatte die Verbreitung der Daguerreotypie begonnen).

»Wie heißt sie?«

»Ihr Name ist – Gemma.«

»Und der Ihrige?«

»Dimitri.«

»Und ihr Vatername?«

»Pawlowitsch.«

»Wissen Sie, Dimitri Pawlowitsch«, sprach Maria Nikolaewna mit derselben, die Worte ziehenden Stimme, »dass Sie mir sehr gefallen?

Sie müssen ein guter Mensch sein. Geben Sie mir Ihre Hand. Wir wollen Freunde sein.«

Sie drückte seine Hand fest mit ihren schönen, weißen, starken Fingern. Ihre Hand war nur wenig kleiner als die seinige – doch wärmer, glatter, weicher, lebensvoller.

»Doch wissen Sie, was mir in den Sinn kommt?«

»Was?«

»Sie werden nicht böse werden?«

»Nein?«

»Sie ist, wie Sie sagen, Ihre Braut … War es aber … war es durchaus so notwendig?«

Sanin wurde finster.

»Ich verstehe Sie nicht, Maria Nikolaewna.«

Maria Nikolaewna lachte leise, warf den Kopf zurück und strich die auf ihre Wangen gefallenen Haare zur Seite. – »Er ist allerliebst!«, rief sie halb nachdenklich, halb zerstreut. »Ein Ritter! Und nun soll man Leuten, die da behaupten, die Idealisten seien ausgestorben, noch Glauben schenken!«

Maria Nikolaewna hatte die ganze Zeit über russisch gesprochen, mit merkwürdig reiner, echt Moskauer Aussprache, wie sie dem Volke und nicht gerade dem Adel eigen ist.

»Sie sind gewiss im väterlichen Hause, in einer gottesfürchtigen Familie von altem Schlage erzogen worden?«, fragte sie. »Aus welchem Gouvernement sind Sie?«

»Aus Tula.«

»Dann sind wir ja spezielle Landsleute? Mein Vater … Sie wissen doch, wer mein Vater war?«

»Ja, allerdings.«

»Er war aus Tula gebürtig, er war ein echter Tula-Bauer. Doch genug … Wenden wir uns zur Sache.«

»Das heißt … zu welcher Sache? Sie meinen damit …?«

Maria Nikolaewna zog ihre Augen zusammen. »Wozu sind Sie denn hierher gekommen?« Wenn Sie die Augen zusammenzog, wurde der Ausdruck derselben zugleich sehr freundlich und spöttisch; wenn sie aber dieselben ganz öffnete – da offenbarte sich in dem lichten, beinahe kalten Glanze derselben etwas Bösartiges ... etwas Drohendes. Eine besondere Schönheit verliehen ihren Augen die Augenbrauen, dicht, ein wenig hervorspringend, gerade wie beim Zobel. »Sie wollen, dass ich Ihr Gut kaufe? Sie brauchen Geld für Ihre Hochzeit? Nicht wahr?«

»Ich ... ich brauche welches ...«

»Und brauchen Sie viel?«

»Vorläufig wäre ich mit einigen Tausend Francs zufrieden. Ihr Herr Gemahl kennt mein Gut. Sie können ihn um Rat fragen – ich werde auch keinen teueren Preis beanspruchen.«

Maria Nikolaewna schüttelte mit dem Kopfe. »Erstens«, fing sie an – sie sprach in Absätzen – die Spitzen ihrer Finger berührten den Aufschlag des Rockärmels von Sanin, »habe ich nicht die Gewohnheit, meinen Mann um Rat zu fragen, Toilettegegenstände ausgenommen; in dieser Hinsicht gilt er bei mir als Künstler; und zweitens, warum sagen Sie, einen billigen Preis beanspruchen wollen? Ich will den Umstand, dass Sie jetzt schrecklich verliebt und auf alle Opfer bereit sind, nicht ausnützen ... Ich werde keine Opfer von Ihnen annehmen. Wie! Statt diese – wie drückt man sich am besten aus? – diese edlen Gefühle etwa? – bei ihnen anzufeuern, sollte ich Sie gehörig rupfen? Das ist nicht meine Gewohnheit. Wenn es gerade vorkommt, habe ich kein Erbarmen mit den Leuten – doch nicht in dieser Weise.«

Sanin konnte nicht verstehen, ob sie ihren Spott mit ihm treibe, oder ernst spreche. Indessen dachte er bei sich: »Oh, vor dir muss man sich in Acht nehmen!«

Der Diener trat herein mit russischer Teemaschine, mit einem Teeservice, mit Sahne, Zwieback usw. auf einem großen Brette, stellte diesen ganzen Segen Gottes auf den Tisch zwischen Sanin und Frau Polosoff und entfernte sich.

Sie goss ihm eine Tasse ein. – »Sie verzeihen?«, fragte sie, den Zucker mit den Fingern in die Tasse legend … die Zuckerzange lag gleichwohl daneben.

»Sehr gern! … Von einer so schönen Hand …«

Er beendete den Satz nicht, und verschluckte sich beinahe – doch sie sah ihn aufmerksam und frei an.

»Ich habe deshalb vom wohlfeilen Preise meines Gutes gesprochen«, fuhr er fort, »weil ich in diesem Augenblicke, da Sie sich im Auslande befinden, bei Ihnen keine großen verfügbaren Summen annehmen konnte, und endlich fühle ich selbst, dass der Verkauf … oder Kauf eines Gutes unter solchen Umständen – etwas Ungewöhnliches ist, und das war zu berücksichtigen.«

Sanin verwickelte sich und versprach sich, Maria Nikolaewna aber hatte sich in den Sessel sanft zurückgelegt, die Hände gekreuzt und blickte ihn stets mit demselben aufmerksamen und lichten Blicke an. Endlich schwieg er.

»Fahren Sie fort, sprechen Sie«, sagte sie, wie ihm zur Hilfe kommend, »ich höre Ihnen zu – es ist mir angenehm Sie anzuhören. Sprechen Sie.«

Sanin fing sein Gut zu beschreiben an, sagte, wie viel Desjatinen es habe, wo es liege, wie viel Ackerland es umfasse, welchen Gewinn man daraus ziehen könne … er erwähnte selbst der malerischen Lage des Gutshauses; und Maria Nikolaewna blickte ihn immerwährend an – immer heller, immer aufmerksamer; ihre Lippen bewegten sich unmerklich, ohne Lächeln; sie ließ ihre Zähne über sie hinstreifen. Es wurde ihm peinlich zumute; er schwieg zum zweiten Male.

»Dimitri Pawlowitsch«, fing Maria Nikolaewna an, und sie wurde nachdenklich. »Dimitri Pawlowitsch …«, wiederholte sie, »wissen Sie was: Ich bin überzeugt, dass der Ankauf Ihres Gutes für mich sehr vorteilhaft ist, und dass wir uns darüber einigen werden; doch

Sie müssen mir … zwei Tage – ja, zwei Tage Frist geben. Sie sind doch imstande, zwei Tage von Ihrer Braut entfernt zu bleiben? Länger werde ich Sie wider Ihren Willen nicht festhalten; hier mein Ehrenwort. Doch wenn Sie sofort fünf-, sechstausend Francs brauchen, bin ich mit größtem Vergnügen bereit, Ihnen mit denselben zu dienen. Wir werden später schon unsere Rechnung machen.«

Sanin erhob sich. »Ich muss Ihnen, Maria Nikolaewna, für Ihre freundliche und liebenswürdige Bereitwilligkeit, einem Ihnen beinahe gänzlich unbekannten Menschen zu helfen, danken … Doch wenn es Ihnen durchaus so beliebt, so würde ich verziehen, Ihre Entscheidung in Betreff meines Gutes abzuwarten und will zwei Tage hier bleiben.«

»Ja, das wünsche ich, Dimitri Pawlowitsch. Und wird es Ihnen schwer fallen? Sehr schwer? Sagen Sie.«

»Ich liebe meine Braut, Maria Nikolaewna, und die Trennung von ihr ist mir nicht leicht.«

»Sie sind ein goldener Mensch«, rief Maria Nikolaewna mit einem Seufzer. »Ich verspreche Ihnen, Sie nicht allzu sehr zu quälen. Sie gehen schon?«

»Es ist spät«, bemerkte Sanin.

»Ja, Sie müssen sich von dieser Reise und vom Spiel mit meinem Manne erholen. Sagen Sie, sind Sie ein großer Freund von meinem Manne?«

»Wir wurden zusammen erzogen.«

»Und war er schon damals so?«

»Wieso?«, fragte Sanin.

Maria Nikolaewna lachte plötzlich laut auf, lachte bis zur Röte des ganzen Gesichtes, führte das Taschentuch an ihre Lippen, stand vorn Sessel auf, kam schwankend wie eine Müde zu Sanin und reichte ihm die Hand.

Er verabschiedete sich und ging nach der Tür.

»Belieben Sie morgen früher zu erscheinen – hören Sie?«, rief sie ihm nach. Er blickte zurück und sah, dass sie sich wieder in den Sessel niedergelassen und beide Hände um ihren Kopf geschlungen hatte. Die breiten Ärmel ihres Hauskleides waren zurückgefallen, beinahe bis zu den Schultern, und man musste gestehen, dass die Lage dieser Hände, die ganze Gestalt bezaubernd schön war.

36.

Noch lange nach Mitternacht brannte die Lampe in Sanins Zimmer. Er saß am Tische und schrieb an »seine Gemma«. Er erzählte ihr alles, beschrieb ihr die Polosoffs, den Mann wie die Frau, doch verbreitete er sich hauptsächlich über seine eigenen Gefühle, und endigte damit, dass er ihr meldete, er sehe sie in drei Tagen wieder!!! (Mit diesen drei Ausrufungszeichen schloss auch der Brief.) Am frühen Morgen trug er diesen Brief auf die Post und ging in den Garten beim Kurhaus, wo bereits die Musik spielte, spazieren. Es gab noch wenige Kurgäste; er stand eine Zeit lang vor dem Kiosk wo sich das Orchester befand, hörte ein Potpourri aus Robert dem Teufel an, trank Kaffee, begab sich in eine vereinsamte Seitenallee, setzte sich auf eine Bank und dachte nach.

Der Griff eines Schirmes klopfte rasch und ziemlich stark an seine Schulter. Er fuhr zusammen … Vor ihm stand im leichten, grau-grünen Barège-Kleide, mit Hut von weißem Tüll und schwedischen Handschuhen, blühend und rosig wie der Sommermorgen, mit noch nicht entschwundenen Spuren des Wohlgefühles vom ungestörten Schlafe in Bewegungen und Blicken – Maria Nikolaewna.

»Guten Morgen!«, rief sie. »Ich habe bereits nach Ihnen geschickt, doch Sie waren schon ausgegangen. Ich habe eben mein zweites Glas getrunken, man zwingt mich, wie Sie wissen, hier Wasser zu trinken – Gott weiß wozu … kann man etwa gesünder sein als ich?

Und nun muss ich eine ganze Stunde einherspazieren. Wollen Sie mein Begleiter sein? Nachher wollen wir Kaffee trinken.«

»Ich habe bereits welchen getrunken«, sagte Sanin, »doch es macht mir viel Freude, mit Ihnen spazieren zu gehen.«

»Dann reichen Sie mir Ihren Arm ... Haben Sie keine Angst: Ihre Braut ist nicht hier, sie sieht es nicht.«

Sanin lächelte gezwungen. Er empfand einen unangenehmen Eindruck, jedes Mal, wenn Maria Nikolaewna Gemma erwähnte. Doch fügte er sich eilig und willig ... Der Arm Nikolaewnas ließ sich langsam und weich auf den seinigen nieder, gleitete in ihn hinein und schmiegte sich ihm an.

»Gehen wir hierher«, sagte sie, den geöffneten Schirm auf die Schulter werfend. »Im hiesigen Park bin ich wie zu Hause; ich führe Sie zu den schönsten Plätzen. Und wissen Sie was« – sie gebrauchte häufig diese drei Worte –, »wir wollen jetzt nicht über diesen Kauf sprechen; wir sprechen darüber nach dem Frühstücke, und zwar gründlich; jetzt müssen Sie nur über sich selbst erzählen ... damit ich weiß, mit wem ich zu tun habe. Nachher werde ich Ihnen, wenn Sie es wünschen, von mir erzählen. Sind Sie einverstanden?«

»Aber, Maria Nikolaewna, was kann Sie interessieren ...«

»Warten Sie, warten Sie, Sie haben mich falsch verstanden. Ich will mit Ihnen nicht kokettieren.« Maria Nikolaewna zuckte die Achseln. »Er hat eine Braut, wie eine antike Statue, und ich soll mit ihm kokettieren! Doch Sie haben eine Ware – und ich bin der Kaufmann. Und ich will wissen, wie Ihre Ware ist. Wohlan, zeigen Sie, wie sie ist. Ich will nicht bloß wissen, was ich kaufe, sondern auch bei wem ich kaufe. Das war die Regel meines Vaters. Nun fangen Sie an ... Meinetwegen nicht von Ihrer Kindheit; aber zum Beispiel: Wie lange sind Sie im Auslande? Wo waren Sie bis jetzt? Gehen Sie nur langsamer, wir haben nicht nötig uns zu beeilen.«

»Hierher bin ich aus Italien gekommen, wo ich einige Monate zubrachte.«

»Sie haben, wie ich sehe, eine besondere Neigung zu allem Italienischen! Sonderbar, dass Sie nicht dort Ihren Gegenstand gefunden haben. Lieben Sie die Künste? Die Gemälde, oder mehr die Musik?«

»Ich liebe die Kunst … Ich liebe alles Schöne.«

»Auch die Musik?«

»Die Musik ebenfalls.«

»Und ich, ich liebe sie gar nicht. Mir gefallen bloß die russischen Gesänge, und dies nur auf dem Lande, im Frühling, beim Tanz, Sie kennen das … Rote Gewänder, Perlengeschmeide im Haar, auf der Wiese kleines Gras, es riecht noch nach Rauch … ach, das ist schön! Doch von mir ist nicht die Rede. Sprechen Sie doch, erzählen Sie.«

Maria Nikolaewna ging und blickte beständig Sanin an. Sie war von hohem Wuchs; ihr Gesicht reichte beinahe bis zu dem seinigen.

Er begann zu erzählen, anfangs widerwillig, ungeschickt, doch bald ging es besser, allmählich kam er sogar ins Plaudern. Maria Nikolaewna hörte mit kluger Miene zu, und dabei so traulich, dass Sie auch andere unwillkürlich zum Freimut verleitete. Sie hatte jene große Gabe des »Umganges« – *a terrible don de la familiarité* –, die der Kardinal Retz erwähnt.

Sanin sprach von seinen Reisen, von seinem Leben in Petersburg, von seiner Jugend … Wäre Maria Nikolaewna eine Dame der höheren Gesellschaft von verfeinerten Sitten gewesen, nimmermehr hätte er in solchem Grade sich ihr geöffnet, doch sie nannte sich selbst einen »guten Jungen«, der ohne alle Umstände sei, und solche nicht leiden könne, so hatte sie sich Sanin dargestellt. Und zu gleicher Zeit schritt dieser »gute Junge« neben ihm einher nach Katzenart, leicht an ihn gelehnt, ihm in das Gesicht blickend – und dieser »gute Junge« bewegte sich neben ihm in der Gestalt eines jungen, weiblichen Wesens, er duftete förmlich nach jener erregenden und zugleich entnervenden Versuchung, mit der gewisse slawische Weiber allein, und zwar nur einige, dabei nicht reiner, sondern gehörig gemischter Rasse, uns arme Männer zu Tode zu quälen imstande sind.

Der Spaziergang Sanins mit Maria Nikolaewna, seine Unterhaltung mit ihr dauerte eine Stunde. Kein einziges Mal blieben sie stehen – immer weiter drangen sie in die unendlichen Alleen des Parkes vor, bald eine Höhe ersteigend und im Gehen die Aussicht bewundernd, bald ein Tal herabsteigend und in undurchdringlichen Schatten sich verbergend – und immer mit verschlungenen Armen. Manchmal wurde Sanin ärgerlich; mit seiner Gemma, mit seiner heißgeliebten Gemma hatte er nie so lange gelustwandelt … Hier aber hatte sich seiner diese Dame bemächtigt – und Punktum! Einmal fragte er sie: »Sind Sie nicht müde?«

»Ich werde nie müde«, bekam er zur Antwort.

Manchmal begegneten ihnen andere Spaziergänger, beinahe alle grüßten sie – die einen ehrerbietig, andere selbst kriechend. Einem derselben, einem sehr schönen, elegant gekleideten Brünetten rief sie mit dem reinsten Pariser Akzent von Ferne zu: »*Comte, vous savez ils ne faut pas venir me voir – ni aujourd'hui ni demain.*« Dieser nahm schweigend den Hut ab und verbeugte sich tief. »Wer ist das?«, fragte Sanin aus schlechter Gewohnheit der Neugierde, die allen Russen eigen ist.

»Dies? Ein Französchen, es drehen sich ihrer viele hier umher. Er macht mir die Cour – auch er. Doch es ist Zeit, Kaffee zu trinken. Gehen wir nach Hause, Sie sind wohl hungrig geworden. Mein – Alter hat inzwischen wohl schon die Augen aufgerissen!«

»Mein Alter! Die Augen aufgerissen!«, wiederholte Sanin für sich. »Und dabei spricht sie so schön Französisch … Welch' sonderbares Wesen!«

Maria Nikolaewna irrte sich nicht. Als sie mit Sanin in das Hotel zurückgekehrt war, saß bereits ihr Alter oder »Dicker« mit seinem Fez auf dem Kopfe vor dem gedeckten Tische. »Ich habe schon lange auf dich gewartet«, rief er mit saurer Miene. »Ich wollte schon ohne dich Kaffee trinken.«

»Schadet nichts«, entgegnete lustig Maria Nikolaewna. »Warst du böse? Das ist dir gesund, sonst wirst du mir zu fett. Ich bringe unseren Gast, klingle schnell. Trinken wir Kaffee, Kaffee, den besten Kaffee – in Tassen von sächsischem Porzellan, auf der schneeweißen Serviette!«

Sie nahm den Hut ab, zog die Handschuhe aus, und klatschte mit den Händen.

Polosoff sah sie finster an.

»Maria Nikolaewna, was hüpfen sie heute so sehr?«, sprach er halblaut.

»Das geht Sie, Hippolyt Sidoritsch, nichts an! Klingle doch! Dimitri Pawlowitsch, nehmen Sie Platz und trinken Sie Kaffee zum zweiten Male. Ach, wie lustig ist es zu gebieten! Ein größeres Vergnügen gibt es nicht auf der Welt!«

»Wenn man gehorcht«, brummte wieder ihr Mann.

»Gerade wenn man gehorcht! Darum bin ich auch glücklich, namentlich mit dir! Nicht wahr, Dicker? Da ist auch der Kaffee!«

Auf dem ungeheuren Brett, mit dem der Kellner erschien, befand sich auch die Theateranzeige. Maria Nikolaewna griff sofort danach.

»Ein Drama!«, rief sie mit Unwillen. »Ein deutsches Drama. Einerlei! Immer besser als deutsche Komödie. Lassen Sie für mich eine Orchesterloge holen – oder nein ... lieber die Fremdenloge«, wandte sie sich zum Kellner, »hören Sie: durchaus die Fremdenloge.«

»Wenn aber die Fremdenloge bereits von Seiner Exzellenz dem Herrn Stadtdirektor belegt ist?«, wagte der Kellner einzuwenden.

»Geben Sie der Exzellenz zehn Taler – dass ich aber die Loge habe! Hören Sie?«

Der Kellner verneigte sich ergeben, doch schmerzlich bewegt.

»Dimitri Pawlowitsch, Sie fahren mit mir ins Theater? Die deutschen Schauspieler sind abscheulich – doch Sie fahren ... Ja? Ja! Wie Sie liebenswürdig sind! Und du, Dicker, fährst du nicht?«

»Wie du befiehlst«, sagte Polosoff in die Tasse, welche er zum Munde geführt hatte.

»Weißt du was: Bleib lieber. Du schläfst beständig im Theater. Du verstehst auch deutsch zu wenig. Mache lieber Folgendes: Schreibe die Antwort an den Verwalter – erinnerst du dich wegen unserer Mühle … wegen des unentgeltlichen Mahlens des Bauerngetreides. Schreibe ihm, dass ich nicht will, nicht will, und damit basta! Da hast du eine Beschäftigung für den ganzen Abend.«

»Gut«, antwortete Polosoff.

»Das ist ja prachtvoll. Du bist mein kluges Kind. Jetzt aber, meine Herren, da wir gerade des Verwalters erwähnt haben, wollen wir die Hauptsache besprechen. Sobald der Kellner weggeräumt haben wird, werden Sie, Dimitri Pawlowitsch, uns alles von Ihrem Gute erzählen – wie, was, wie teuer Sie verkaufen, wie viel Angeld Sie haben wollen – kurz alles! (›Endlich!‹, dachte Sanin, ›Gott sei gelobt!‹) Etwas haben Sie mir bereits mitgeteilt, Ihren Garten haben Sie mir, wie ich mich erinnere, prachtvoll beschrieben, doch mein Dicker war nicht dabei … Mag er es auch hören, – etwas wird er doch darein zu reden haben! Es ist mir sehr angenehm, zu denken, dass ich Ihnen bei Ihrer Heirat behilflich sein kann, auch habe ich Ihnen versprochen, mich nach dem Frühstück mit Ihnen zu beschäftigen, und ich halte stets mein Versprechen – nicht wahr, Hippolyt Sidoritsch?«

Polosoff rieb sich sein Gesicht mit der Hand. »Was wahr ist, ist wahr, Sie haben nie jemand betrogen.«

»Nie! Und werde nie jemand betrügen! Wohlan Dimitri Pawlowitsch, tragen Sie uns Ihre Sache vor, wie man sich im Petersburger Senat auszudrücken pflegt.«

37.

Sanin begann mit dem Vortrage der Angelegenheit, er beschrieb zum zweiten Male sein Gut, unterließ es jedoch diesmal, die Naturschönheiten desselben zu berühren – von Zeit zu Zeit berief er sich auf Polosoff, um die Bestätigung der von ihm ausgeführten Tatsachen und Zahlen zu erlangen. Doch Polosoff ließ höchstens ein »Hm!« vernehmen und nickte mit dem Kopfe, ob bejahend oder verneinend, das mochte wohl kein Teufel unterscheiden. Maria Nikolaewna bedurfte übrigens auch gar nicht seines Beistandes. Sie legte solche Geschäfts- und Verwaltungsfähigkeiten an den Tag, dass es zum Verwundern war. Die kleinsten Details der Wirtschaft waren ihr aufs Vollkommenste bekannt, sie befragte nach allem haarklein, ging auf alles ein; jedes Wort von ihr traf sein Ziel, stellte den Punkt gerade auf das i. Sanin war auf ein solches Examen nicht gefasst, auf ein solches war er nicht vorbereitet. Und das Examen dauerte wohl anderthalb Stunden. Sanin hatte alle Eindrücke eines Angeklagten, der auf der engen Bank vor dem strengen, durchblickenden Richter sitzt ... »Das ist ja ein Verhör!«, sagte er sich traurig. Maria Nikolaewna lächelte während dieser ganzen Zeit, sie schien zu scherzen, doch Sanin wurde es davon nicht leichter zumute, und als es sich im Laufe des Verhöres herausstellte, dass er keinen klaren Begriff von Feldsystem und Repartition des Ackerbodens hatte, so geriet er selbst in Schweiß. – »Genug!«, entschied endlich Maria Nikolaewna. »Ihr Gut kenne ich jetzt ... nicht minder gut wie Sie. Welchen Preis wollen Sie für die Seele haben?« (Zu jener Zeit wurde bekanntlich der Wert der Güter nach der Anzahl der darauf wohnenden Bauernseelen bestimmt).

»Ja ... ich meine ... dass ich unter fünfhundert Rubel für die Seele nicht nehmen kann.« (Oh Pantaleone, Pantaleone, wo bist du? Wie würdest du hier *Barbari!* rufen.)

Maria Nikolaewna erhob die Augen gen Himmel, als ob sie überlege.

»Nun«, rief sie endlich, »ich glaube, das ist der entsprechende Preis. Doch habe ich mir zwei Tage Frist ausgebeten und Sie müssen bis morgen warten. Ich glaube, wir werden uns einigen und Sie sagen mir dann, wie viel Angeld Sie haben wollen. Jetzt aber *basta cosi!*«, rief sie, als sie bemerkte, dass Sanin etwas entgegnen wollte. »Wir haben uns genug mit dem verächtlichen Metall abgegeben, *à demain les affaires!* Wissen Sie was: Jetzt entlasse ich Sie ...« – Sie blickte auf die kleine Uhr mit emailliertem Gehäuse, die hinter ihrem Gürtel steckte – »bis drei Uhr ... Sie müssen sich ausruhen. Gehen Sie, spielen Sie Roulette.«

»Ich spiele kein Hazardspiel«, bemerkte Sanin.

»Wirklich? Sie sind ja die Vollkommenheit selbst! Übrigens spiele ich ebenfalls keines. Es ist dumm, Geld in den Wind zu schmeißen, und zwar auf die sicherste Weise in den Wind! Doch gehen Sie in den Spielsaal, sehen Sie sich die Gesichter an. Man findet dort die komischsten. Es ist da eine Alte mit einer Ferronnière und Schnurrbart – sie ist prachtvoll! Sie sehen dort auch einen von unseren Fürsten – der ist auch gelungen. Eine mächtige Gestalt, Adlernase, setzt einen Taler und schlägt dabei heimlich unter der Weste das Kreuz. Lesen Sie Zeitungen, gehen Sie spazieren, machen Sie, mit einem Worte, was Sie wollen ... Um drei Uhr aber erwarte ich Sie ... *de pied ferme.* Man muss heute früher essen. Das Theater fängt bei diesen lächerlichen Deutschen um halb sieben an.« Sie reichte ihm die Hand. »*Sans rancune, n'est ce pas?*«

»Aber, erlauben Sie, Maria Nikolaewna, weshalb sollte ich Ihnen grollen?«

»Dafür, dass ich Sie gequält habe. Warten Sie nur, ich mache es noch besser«, fügte sie hinzu, die Augen zusammenziehend – und alle die Grübchen auf den in Purpur errötenden Wangen wurden sichtbar. »Auf Wiedersehen!«

Sanin verbeugte sich und ging hinaus. Ein lustiges Lachen erhob sich hinter ihm, und im Spiegel, an dem er gerade vorbeiging, sah er folgende Szene: Maria Nikolaewna hatte den Fez ihres Mannes demselben über die Augen gezogen, während er mit beiden Händen ohnmächtig Widerstand zu leisten versuchte.

38.

Oh, wie freudig und tief atmete Sanin auf, als er sich in seinem Zimmer befand! Wirklich, Maria Nikolaewna hatte recht – er musste sich erholen, sich erholen von allen diesen neuen Bekanntschaften, Berührungen, Gesprächen, von diesem Dunst, der sich seines Kopfes, seiner Seele bemächtigt hatte, – von dieser unerwarteten, unerwünschten Annäherung an eine Frau, die ihm so fremd war. Alles dies zu welchem Zeitpunkte? Beinahe am Tage nach demjenigen, da er erfahren, dass Gemma ihn liebt, an welchem er ihr Bräutigam geworden! Das ist ja ein Frevel! Tausendmal bat er seine reine, makellose Taube um Verzeihung – obgleich er eigentlich sich keiner Schuld bewusst war. Tausendmal küsste er das ihm von ihr gegebene Kreuz. Hätte er nicht die Hoffnung, die Angelegenheit, wegen welcher er nach Wiesbaden gekommen, zu beendigen, er wäre kopfüber dorthin zurück nach dem geliebten Frankfurt geeilt, in jenes teure, jetzt ihm heimische Haus, zu ihr, zu ihren vielgeliebten Füßen … Doch, was ist zu machen! Man muss den Kelch bis zum Grunde leeren, man muss sich anziehen zum Mittagessen und dann ins Theater gehen … Wenn sie doch morgen ihn früher entlassen wollte!

Noch eines verwirrte ihn, schmerzte ihn: Er dachte mit Liebe, mit Rührung, in dankbarem Entzücken an Gemma, an das Leben zusammen mit ihr, an das Glück, das ihn in der Zukunft erwarte – und trotzdem schwebte … nein steckte … geradeso drückte sich Sanin mit besonderer Entrüstung aus – steckte vor seinen Augen stets diese sonderbare Frau, diese Frau Polosoff – und er konnte von ihrem Bilde nicht loskommen – und umsonst mühte er sich ab, ihre Stimme nicht zu hören, sich ihre Reden aus dem Sinne zu schlagen – jenen besonderen, feinen, frischen und durchdringenden, dem der gelben Lilien ähnlichen Duft, der von ihren Kleidern ausging, nicht zu atmen. Diese Dame trieb offenbar ihr Spiel mit ihm, umgarnte ihn von allen Seiten … Wozu das? Was will sie? Ist das wohl eine Laune einer verzogenen, reichen und vielleicht sittenlosen Dame? Und was ist dieser Mann? Was ist das für ein Wesen? Welcher Art ist ihr Verhältnis zu ihm? Und warum kommen alle diese Fragen ihm, Sanin, in den Kopf, den eigentlich weder Herr Polosoff noch seine Frau etwas angehen? Warum kann er dies zudringliche Bild nicht verscheuchen, selbst dann nicht, wenn er sich mit der ganzen Seele zu dem anderen, wie Gotteslicht lichten und klaren wendet? Wie wagen hinter jenen beinahe göttlichen Zügen – diese zu erscheinen? Und sie drängten sich nicht bloß durch – nein, sie lächeln frech! Diese grauen, gierigen Augen, diese Grübchen auf den Wangen, diese schlangenähnlichen Flechten – hat sich das alles so an ihn geklebt, dass er es nicht abschütteln, es nicht von sich stoßen kann, keine Kraft dazu hat?

Unsinn! Unsinn! Morgen schon verschwindet das alles spurlos … Doch lässt sie ihn morgen los …? Allerdings … Er stellte sich alle diese Fragen – die Zeit um drei Uhr aber rückte heran – und er zog den schwarzen Frack an, und nachdem er im Park ein wenig Bewegung gemacht, begab er sich zu den Polosoffs.

Im Empfangszimmer traf er einen Legationssekretär eines deutschen Hofes, lang, schrecklich lang, blond, mit dem Profil eines Pferdekopfes und einem Scheitel am Hinterkopfe (das war damals noch neu) und – oh Wunder! – Herrn von Dönhof, denselben Offizier, mit dem er sich vor einigen Tagen duelliert! Ihn gerade hier zu treffen hatte er nicht erwartet, er wurde ein wenig verlegen, doch grüßte er ihn.

»Die Herren sind bekannt?«, fragte Maria Nikolaewna, der die Verlegenheit Sanins nicht entgangen war.

»Ja … ich hatte bereits die Ehre«, sagte von Dönhof, und ein wenig zu Maria Nikolaewna sich neigend, fügte er mit einem Lächeln halblaut hinzu: »Derselbe … ihr Landsmann … der Russe …«

»Unmöglich!«, rief sie ebenfalls halblaut und drohte ihm mit dem Finger – und schickte sich sofort an, ihn zu verabschieden, ihn und den langen Sekretär, welcher allen Anzeichen nach schrecklich in sie verliebt war, denn jedes Mal, wenn er sie ansah, öffnete er sogar seinen Mund. Dönhof entfernte sich sofort, wie ein Freund des Hauses, der auch auf das halbe Wort versteht, was man von ihm verlangt, der Sekretär versuchte sich zu sträuben, doch Maria Nikolaewna schaffte ihn ohne alle Umstände weg.

»Gehen Sie zu Ihrer regierenden Persönlichkeit«, rief Sie ihm zu (zur Zeit weilte in Wiesbaden eine Principessa aus Monaco, die ungeheuer einer schlechten Lorette ähnelte), »wozu wollen Sie bei einer solchen Plebejerin wie ich bleiben?«

»Erlauben Sie, gnädige Frau«, versicherte der unglückliche Sekretär, »alle Principessen der Welt …«

Doch Maria Nikolaewna hatte kein Erbarmen – und der Sekretär musste den Rückzug antreten, sein Scheitel gab ihm hinten das Geleite.

Maria Nikolaewna hatte sich an dem Tage sehr zu ihren Gunsten (zu ihrer Avantage hätten unsere Großmütter gesagt) gekleidet. Sie trug ein Kleid von rosenroter Seide mit Ärmeln *à la Tontagnes* und einen großen Brillanten in jedem Ohr. Nicht matter als die Brillanten glänzten ihre Augen; sie schien guter Laune, bei Stimmung zu sein.

Sie ließ Sanin neben sich Platz nehmen und sprach mit ihm über Paris, wohin sie in wenigen Tagen zu fahren beabsichtigte, über die Deutschen, die ihr langweilig geworden, wollte wahrgenommen haben, dass sie dumm seien, wenn sie klug erscheinen möchten, und unpassend klug, wenn sie Dummheiten machten – und plötzlich, gerade zu *à brule pour point* fragte sie ihn, ob es wahr sei, dass er sich mit demselben Offizier, der hier eben gewesen, wegen einer Dame duelliert habe?

»Woher wissen Sie das?«, fragte der verwunderte Sanin.

»Fama erfüllt die Welt, Dimitri Pawlowitsch, doch weiß ich auch, dass Sie recht, tausendmal recht hatten, und wie ritterlich ihre Haltung war. Sagen Sie, diese Dame – war ihre Braut?«

Sanin runzelte ein wenig die Stirn.

»Ich tue es nicht wieder, ich tue es nicht wieder«, rief rasch Maria Nikolaewna. »Es ist Ihnen unangenehm, verzeihen Sie mir! Ich tue es nicht wieder! Seien Sie nicht böse!« Polosoff erschien aus dem Nebenzimmer mit einer Zeitung in der Hand. – »Was ist mit dir? Oder ist das Mittagessen fertig?«

»Das Mittagessen bringt man sofort, doch höre, was ich eben da in der ›Nordischen Biene‹ gelesen … Fürst Gromboj ist gestorben.«

Maria Nikolaewna hob den Kopf in die Höhe.

»Gott öffne ihm sein Himmelreich! Er hat mir jedes Jahr im Monat Februar«, wandte sie sich zu Sanin, »zu meinem Geburtstage alle Zimmer mit Kamelien geschmückt. Doch deshalb lohnt es sich nicht, während des Winters in Petersburg zu leben.«

»Er war über sechzig Jahre alt?«, fragte sie ihren Mann.

»Allerdings.«

»Sein Leichenbegängnis wird in der Zeitung beschrieben. Der ganze Hof war anwesend. Hier sind auch die Verse des Fürsten Konrischkin für diesen Anlass.«

»Das ist ja prachtvoll!«

»Willst du – ich lese sie dir vor? Der Fürst nennt ihn Mann des Rates.«

»Nein, ich will sie nicht hören. Von welchem Rate war er der Mann? Er war einfach der Mann von Fatiana Juriewna. Gehen wir essen. Der Lebende gedenkt des Lebenden. Dimitri Pawlowitsch, Ihren Arm.«

Das Mittagsessen war, wie gestern, ausgezeichnet gut; es ging sehr lebhaft bei demselben zu.

Maria Nikolaewna verstand zu erzählen … eine seltene Gabe, namentlich bei einer Russin! Sie war nicht wählerisch in ihren Ausdrücken, am schlechtesten kamen ihre Landsmänninnen fort. Nicht einmal musste Sanin über manches kühne und treffende Wort lachen. Vor allem hasste Maria Nikolaewna Bigotterie, Phrase, Lüge … die letzte fand sie überall.

Sie war stolz und prahlte förmlich mit jener niederen Sphäre, in der ihr Leben angefangen; teilte aus der Zeit ihrer Jugend ziemlich sonderbare Anekdoten über ihre Verwandten mit; sie nannte sich Bastschuhträgerin, gerade wie Natalia Kirilowna Narischkin. Sanin wurde es klar, dass sie in ihrem Leben viel mehr als die große Menge ihrer Altersgenossen erfahren haben müsse.

Polosoff aber aß bedächtig, trank aufmerksam und richtete nur selten seine weißlichen, scheinbar blinden, in Wahrheit aber sehr hell sehenden Augen bald auf Sanin, bald auf seine Frau. »Du bist wirklich mein kluges Kind!«, rief Maria Nikolaewna, sich zu ihm wendend. »Wie prachtvoll hast du in Frankfurt alle meine Aufträge erfüllt! Ich möchte dich auf das Stirnchen küssen! Doch dir ist daran nicht viel gelegen.«

»Da hast du recht«, antwortete Polosoff, und zerlegte mit dem silbernen Messer eine Ananas.

Maria Nikolaewna sah ihn an und klopfte mit den Fingern auf den Tisch.

»Geht unser Pari?«, rief sie bedeutungsvoll.

»Freilich.«

»Schon gut, du wirst verlieren.«

Polosoff streckte sein Kinn vor: »Diesmal, glaube ich, wie sehr du auch auf dich vertraust, wirst du doch verlieren.«

»Worüber geht das Pari, kann man es wissen?«, fragte Sanin.

»Nein … jetzt kann man es nicht«, antwortete Maria Nikolaewna und lachte.

Es schlug sieben Uhr. Der Kellner meldete, dass der Wagen bereit sei. Polosoff begleitete seine Frau hinaus und kehrte sofort zu seinem Sessel zurück.

»Vergiss ja nicht den Brief an den Verwalter!«, rief ihm Maria Nikolaewna aus dem Vorzimmer nach.

»Beunruhige dich nicht, ich schreibe ihm, ich bin pünktlich.«

39.

Das Theater von Wiesbaden war im Jahre 1840 in seiner äußeren Erscheinung schäbig, die Schauspieler aber erhoben sich durch ihre phrasenhafte und klägliche Mittelmäßigkeit, durch ihre gewissenhafte und fade Routine um keine Haarbreite über das Niveau, das man selbst jetzt noch als Regel für alle deutschen Bühnen geltend annehmen muss und als dessen Vollkommenheit in allerletzter Zeit die Truppe von Karlsruhe unter der »berühmten« Leitung von Devrient erschien. Hinter der Loge, die »Ihre Durchlaucht Frau von Polosoff« einnahm (Gott weiß, wie der Kellner sie zu verschaffen gewusst, er hat doch nicht am Ende den Stadtdirektor bestochen), befand sich ein Vorzimmerchen, dessen Seiten mit kleinen Sofas vollständig besetzt waren; ehe Maria Nikolaewna in dasselbe hineintrat, bat sie Sanin, die kleinen Schirme an der Brüstung, welche die Loge vom Theatersaale abzusondern bestimmt sind, hinaufzuheben.

»Ich will nicht, dass man mich sieht«, sagte sie, »sonst drängen sich alle herein.« Auch Sanin ließ sie neben sich, den Rücken dem

Saale zugekehrt, Platz nehmen, so dass die Loge ganz leer zu sein schien.

Das Orchester spielte die Ouvertüre aus Figaros Hochzeit … der Vorhang erhob sich, das Stück begann.

Es war eines der zahlreichen heimatlichen Erzeugnisse, in denen belesene, doch talentlose Schriftsteller in gesuchtester, doch einer Sprache ohne alles Leben, gewissenhaft aber ungeschickt, eine »tiefe« oder »zeitgemäße« Idee durchzuführen versuchten, den sogenannten tragischen Konflikt darstellten und … Langeweile erzeugten … eine asiatische Langeweile, wie es auch eine asiatische Cholera gibt. Maria Nikolaewna hörte die Hälfte des ersten Aktes mit Geduld an, als aber der erste Liebhaber (er trug einen braunen Rock mit gebauschten Ärmeln und Plüschkragen, eine gestreifte Weste mit Perlmutterknöpfen, grüne Hosen mit Strippen von lackiertem Leder und weiße Waschlederhandschuhe), die Treulosigkeit seiner Geliebten erfahrend, die Fäuste auf die Brust stemmte, die Ellenbogen in schiefem Winkel nach vorn pressend, und nicht anders als eine Hand wechselte – da hielt es Maria Nikolaewna nicht länger aus.

»Der schlechteste französische Schauspieler in der letzten Provinzialstadt spielt natürlicher und besser als die erste deutsche Bühnenberühmtheit!«, rief sie mit Unwillen und setzte sich in das Hinterzimmer. »Kommen Sie hierher«, wandte sie sich zu Sanin, mit der Hand in ihrer Nähe auf das Sofa klopfend, »lassen Sie uns plaudern.«

Sanin gehorchte.

Maria Nikolaewna schaute ihn an. »Man kann Sie ja, wie ich sehe, um den Finger wickeln! Ihre Frau wird es gut bei Ihnen haben. Dieser Possenreißer«, fuhr sie fort, mit ihrem Fächer auf den winselnden Schauspieler (er stellte einen Hauslehrer vor) zeigend, »hat mich an meine Jugend erinnert; auch ich war in einen Hauslehrer verliebt. Das war meine erste … nein, meine zweite Leidenschaft. Das erste Mal habe ich mich in einen Kirchendiener im Donschen Kloster zu Moskau verliebt. Er trug ein samtenes Untergewand, parfümierte sich mit *eau de lavande*; mit dem Räucherfass sich durch die Menge drängend, sagte er zu den Damen: *pardon, excusez* und erhob nie die Augen, seine Augenwimpern aber waren – so lang!« Maria Nikolaewna teilte mit dem Nagel ihres Zeigefingers die größte Hälfte ihres kleinen Fingers ab und zeigte das so gebildete Maß Sanin. »Mein Lehrer hieß Monsieur Gaston. Ich muss Ihnen sagen, dass er ein sehr gelehrter und strenger Mann war, ein Schweizer, mit solch energischem Gesichte! Pechschwarzer Backenbart, griechisches Profil, die Lippen wie aus Eisen gegossen! Ich hatte Angst vor ihm. In meinem ganzen Leben habe ich mich bloß vor diesem Menschen gefürchtet. Er war eigentlich der Lehrer meines Bruders, der nachher gestorben ist – er ist ertrunken. Eine Zigeunerin hat auch mir einen gewaltsamen Tod prophezeit, doch das ist Unsinn. Daran glaube ich nicht. Stellen Sie sich doch Hippolyt Sidoritsch mit einem Dolche vor …?!«

»Man braucht nicht gerade durch einen Dolch zu sterben«, bemerkte Sanin.

»Das alles ist Unsinn! Sind Sie abergläubisch? Ich – nicht im Geringsten. Was aber geschehen soll, dem entgeht man nicht. Monsieur Gaston wohnte in unserem Hause, gerade über mir. Manchmal wachte ich in der Nacht auf und hörte seine Tritte – er legte sich sehr spät schlafen – und mein Herz erstarb in Ehrfurcht … oder in einem anderen Gefühle. Mein Vater konnte kaum lesen und schreiben, doch uns gab er eine prachtvolle Erziehung. Wissen Sie, dass ich Latein verstehe?«

»Sie? Latein?«

»Ja, ich. Mich hat es Monsieur Gaston gelehrt. Ich habe mit ihm die Äneide gelesen. Es ist sehr langweilig, doch einige Stellen sind prachtvoll. Erinnern Sie sich, wie Dido mit Äneas im Walde …«

»Ja, ja, freilich, ich erinnere mich«, unterbrach sie hastig Sanin. Er selbst hatte schon längst sein Latein vergessen und nur einen schwachen Begriff von Äneide.

Maria Nikolaewna blickte ihn an, nach ihrer Gewohnheit ein wenig von der Seite und von unten. »Glauben Sie jedoch nicht, dass ich allzu gelehrt sei. Ach, mein Gott! Nein, ich bin nicht gelehrt und habe durchaus keine Talente. Ich kann selbst kaum schreiben … wirklich; laut lesen kann ich gar nicht; weder Pianospielen, noch malen, noch nähen – rein gar nichts! So bin ich – da haben Sie mich ganz!«

Sie breitete die Hände auseinander.

»Ich erzähle Ihnen dies alles«, fuhr sie fort, »erstens um jene Narren nicht anzuhören« – sie zeigte auf die Bühne, wo statt des Schauspielers eine Schauspielerin jammerte, ebenfalls mit nach vorne gerichtetem Ellenbogen –, »und zweitens weil ich noch eine kleine Schuld an Sie habe, gestern haben Sie mir von Ihnen erzählt …«

»Sie beliebten mich zu fragen«, bemerkte Sanin.

Maria Nikolaewna wandte sich plötzlich nach ihm um. »Und Sie wollen nicht erfahren, was für eine Frau ich eigentlich bin? Übrigens, das wundert mich nicht«, fügte sie hinzu, sich wieder an den Sofarücken lehnend. »Der Mensch will heiraten, und zwar aus Liebe nach einem Duell … Wie soll er da an etwas anderes denken …?«

Sie wurde nachdenklich und begann mit ihren starken, doch gleichmäßigen, milchweißen Zähnen am Schafte des Fächers zu nagen.

Sanin aber schien es, dass der Dunst, von dem er bereits den zweiten Tag sich nicht befreien konnte, ihm wieder zu Kopfe steige.

Das Gespräch zwischen ihm und Maria Nikolaewna wurde halblaut, fast flüsternd geführt – und dies erregte und reizte ihn noch mehr. Wann wird das alles enden?

Schwache Leute beendigen nie etwas selbst – sie warten stets auf das Ende.

Auf der Bühne nieste jemand; dieses Niesen war vom Autor als das komische Moment oder Element in sein Stück hereingetragen;

ein weiteres komisches Element gab es darin freilich nicht; die Zuschauer begnügten sich mit diesem Moment und lachten.

Dieses Lachen regte Sanin ebenfalls auf.

Es gab Augenblicke, in denen er tatsächlich nicht wusste, ob er ärgerlich sei oder sich freue, Langeweile fühle oder sich belustigt. Oh, wenn Gemma ihn gesehen hätte!

»Das ist wirklich sonderbar«, fing plötzlich Maria Nikolaewna an. »Der Mensch eröffnet einem, und zwar mit der ruhigsten Stimme: Ich habe die Absicht zu heiraten, und doch sagt niemand ruhig: Ich habe, die Absicht, mich ins Wasser zu werfen. Und trotzdem – wo ist der Unterschied? Es ist sonderbar.«

Sanin wurde ärgerlich. »Der Unterschied ist gewaltig, Maria Nikolaewna! Mancher ist auch ohne alle Angst vor dem Sprung ins Wasser: Er kann eben schwimmen; und überdies … was die Sonderbarkeit der Ehen betrifft … wenn es sich darum handelt …«

Er brach plötzlich ab und biss sich auf die Lippen.

Maria Nikolaewna schlug mit dem Fächer auf die Hand.

»Sprechen Sie sich aus, sprechen Sie sich aus, Dimitri Pawlowitsch – ich weiß, was Sie sagen wollen. ›Wenn es sich darum handelt, gnädige Frau Maria Nikolaewna‹, wollten Sie sagen, ›Sonderbareres als Ihre Ehe kann man sich nicht leicht vorstellen … Ihren Gemahl kenne ich ja seit Langem, seit seiner Jugend!‹ Das wollten Sie sagen, Sie, der zu schwimmen versteht!«

»Erlauben Sie«, fing Sanin an.

»Ist es nicht wahr? Ist es nicht so?«, rief Maria Nikolaewna mit Nachdruck. »Sehen Sie mir in die Augen und sagen Sie, dass ich gelogen habe!«

Sanin wusste nicht, was er mit seinen Augen anfangen sollte. »Meinetwegen es ist wahr, wenn Sie es durchaus verlangen«, sagte er endlich.

Maria Nikolaewna schüttelte den Kopf. »So ist es besser. Nun, und Sie fragen sich nicht, Sie, der zu schwimmen weiß, was der Grund einer so … sonderbaren Handlungsweise … bei einer Frau, die nicht arm … und nicht hässlich … und nicht dumm sein kann? Das interessiert Sie nicht? Mag sein; doch einerlei, ich sage Ihnen den Grund nicht jetzt, aber sobald der Zwischenakt beendigt sein wird. Ich bin fortwährend in Unruhe, dass jemand zu uns hereinkomme …«

Maria Nikolaewna hatte nicht Zeit, das letzte Wort auszusprechen, als sich in die Loge ein roter, ölig-schweißiger, zwar junger, doch zahnloser Kopf mit flachem, langem Haar, herabhängender Nase, ungeheuren Ohren wie bei einer Fledermaus, mit goldener Brille über den stumpfen, aber neugierigen, kleinen Augen und mit einem *pince-nez* über der Brille, durch die Tür hineindrängte. Der Kopf schaute sich um, bemerkte Maria Nikolaewna, versuchte sich ein anständiges Äußere zu geben, nickte … Ein muskulöser Hals war im Begriff, dem Kopfe zu folgen …

Maria Nikolaewna schwenkte mit dem Taschentuch diese Erscheinung ab. »Ich bin nicht zu Hause, Herr P...! Ich bin nicht zu Hause … ksch, ksch!«

Der Kopf zeigte Staunen, lachte gezwungen, rief weinerlich, List äffend, zu dessen Füßen ihr Besitzer einst herumgekrochen: »Sehr gut, sehr gut!«, und verschwand.

»Was ist das für ein Subjekt?«, fragte Sanin.

»Dies? Der Kritiker von Wiesbaden. Ein Literat oder Lohnlakai, wie Sie wollen. Er ist vom hiesigen Pächter gemietet und dazu verpflichtet, alles zu loben, über alles entzückt zu sein, obgleich er selbst an widerwärtiger Galle leidet, die er nicht einmal zum Vorschein bringen darf. Ich habe Angst, er ist ein schrecklicher Klatscher, er läuft sofort herum, zu erzählen, dass ich im Theater bin. Doch einerlei.«

Das Orchester spielte einen Walzer. Der Vorhang erhob sich. Auf der Bühne ging wieder die Gliederverrenkung und das Gewinsel los.

»Nun«, fing Maria Nikolaewna an, sich wieder auf das Sofa niederlassend, »da Sie einmal gefangen sind und mit mir sitzen müssen, statt sich an der Gegenwart ihrer Braut zu erquicken … rollen Sie nicht Ihre Augen und seien Sie nicht zornig, ich verstehe Sie und habe Ihnen bereits versprochen, Sie nach allen vier Weltrichtungen zu entlassen, doch hören Sie jetzt meine Beichte an. Wollen Sie wissen, was ich am meisten liebe?«

»Die Freiheit«, flüsterte ihr Sanin zu.

Maria Nikolaewna legte ihre Hand auf die seinige.

»Ja, Dimitri Pawlowitsch«, rief sie, und ihre Stimme erklang ganz sonderbar, so zweifellos aufrichtig und ernst, »die Freiheit am meisten und vor allem! Und glauben Sie nicht, dass ich damit prahle – darin liegt nichts Löbliches – es ist eben so, war so und wird so für mich bleiben bis zu meinem Tode. In meiner Jugend habe ich wohl zu viel von der Knechtschaft gesehen und zu viel von ihr gelitten. Auch mein Lehrer, Monsieur Gaston, hat mir die Augen geöffnet … Vielleicht verstehen Sie jetzt, warum ich Hippolyt Sidoritsch geheiratet habe; mit ihm bin ich frei, ganz frei, frei wie die Luft, wie der Wind … Und das wusste ich vor der Hochzeit, ich wusste, dass ich mit ihm ein freier Kosak sein würde!«

Maria Nikolaewna schwieg einen Augenblick und warf den Fächer zur Seite. »Ich will Ihnen noch eines sagen: Ein wenig zu denken liebe ich auch, das ist lustig und wir haben auch den Verstand dazu; doch über die Folgen von dem, was ich selbst getan, denke ich nie nach, und wenn es gilt, da schone ich mich nicht – aber auch nicht so viel – es lohnt sich nicht. Ich habe eine Redensart: ›*Cela ne tire pas à conséquence?*‹ – Eine Rechenschaft wird man ja hier – auf dieser Erde – von mir nicht verlangen, und dort« – sie hob der Finger in die Höhe – »nun dort mag man mit mir schalten, wie

147

man will. Wenn man mich dort richten wird, so werde ich nicht mehr ich sein … Sie hören mich an? Sie langweilen sich nicht?«

Sanin saß niedergebückt. Er erhob den Kopf.

»Ich langweile mich nicht, Maria Nikolaewna, und höre neugierig zu. Doch … um es zu gestehen … ich frage mich, wozu Sie mir dies alles erzählen?«

Maria Nikolaewna rückte auf dem Sofa ein wenig ihm näher. – »Sie fragen sich? … Können Sie so schlecht raten? Oder sind Sie so bescheiden?«

Sanin hob den Kopf noch höher.

»Ich sage Ihnen dies alles«, fuhr Maria Nikolaewna in ruhigem Tone fort, dem übrigens ihr Gesichtsausdruck nicht völlig entsprach, »weil Sie mir sehr gefallen; ja, wundern Sie sich nicht, ich scherze nicht; weil es mir unangenehm wäre, wenn Sie, nach dem Zusammentreffen mit mir, eine schlechte Erinnerung an mich behalten würden … vielleicht auch gerade keine schlechte – das wäre mir gleichgültig, aber eine unrichtige. Deshalb habe ich Sie auch hierher gelockt, bleibe hier mit Ihnen unter vier Augen und spreche mit Ihnen so aufrichtig … ja, ja, so aufrichtig. Ich lüge nicht. Und bedenken Sie, Dimitri Pawlowitsch, dass ich weiß, dass Sie in eine andere verliebt sind, dass Sie die Absicht haben, sie zu heiraten … Erkennen Sie doch meine Uneigennützigkeit an! Übrigens, da haben Sie Ihrerseits die Gelegenheit: *Cela ne tire pas à conséquence!* zu rufen!«

Sie lachte, doch hörte ihr Lachen plötzlich auf und sie blieb regungslos, als hätten ihre eigenen Worte sie stutzig gemacht – in ihren gewöhnlich so lustigen und kecken Augen aber zeigte sich etwas wie Schüchternheit, ja wie Gram.

»Schlange! Ach, eine Schlange ist sie!«, dachte Sanin unterdessen. »Doch welch' schöne Schlange!«

»Geben Sie mir meine Lorgnette«, sagte Maria Nikolaewna. »Ich will sehen, ob diese *jeune praimière* wirklich so hässlich ist. Man könnte bei Gott glauben, die Regierung habe sie aus Gesichtspunkten der Moral eingestellt, damit die jungen Leute nicht allzu sehr hingerissen werden.«

Sanin reichte ihr die Lorgnette; indem sie aber ihm dieselbe abnahm, fasste sie rasch und kaum fühlbar mit beiden Händen die Hand Sanins.

»Machen Sie doch kein so ernstes Gesicht«, flüsterte sie mit einem Lächeln. »Wissen Sie was: Man kann mir keine Ketten auferlegen, doch auch ich will keine auferlegen. – Ich liebe die Freiheit und erkenne keine Pflichten an – doch nicht für mich allein. Jetzt aber machen Sie mir ein wenig Platz und lassen Sie uns das Stück anhören.«

Maria Nikolaewna richtete die Lorgnette auf die Bühne. Sanin blickte ebenfalls dahin, neben ihr sitzend, im Halbdunkel der Loge; er atmete ein, atmete unwillkürlich die Wärme und den Duft ihres üppigen Körpers ein und suchte ebenso unwillkürlich sich in seinem Kopfe alles, was sie ihm an diesem Abend gesagt hatte, zurechtzulegen, namentlich die Worte der letzten Minuten.

40.

Das Stück dauerte noch über eine Stunde, doch Maria Nikolaewna und Sanin hörten bald auf, nach der Bühne zu blicken. Unter ihnen entspann sich wieder ein Gespräch, und dieses Gespräch schlug dieselbe Richtung ein, wie das frühere, nur schwieg Sanin weniger. In seinem Innern war er über sich selbst und Maria Nikolaewna aufgebracht; er bestrebte sich, ihr die volle Unhaltbarkeit ihrer Theorie zu beweisen, als ob ihre Theorien sie viel kümmerten! Er fing mit ihr zu streiten an, worüber sie sich heimlich freute: Wenn er streitet – gibt er nach, oder wird er nachgeben. Er hat an der Lockspeise gebissen, er hat aufgehört, zurückhaltend zu sein, er spiel den Wilden nicht mehr! Sie machte ihre Einwendungen, lachte, war mit ihm einverstanden, wurde nachdenklich, griff ihn an … und dabei näherten sich ihre Gesichter, seine Augen wandten sich von ihren Augen nicht mehr ab … diese Augen schienen auf seinen Zügen gleichsam umherzuirren, dieselben wie zu umkreisen – und er lächelte ihr zur Antwort – zwar höflich, doch lächelte er. Es entsprach ihren Zwecken, dass er auf Abstraktionen verfiel, über Ehrlichkeit der gegenseitigen Beziehungen, über die Pflicht, über die Heiligkeit der Liebe und der Ehe sprach … Es ist bekannt, diese Abstraktionen sind nur zu günstig für den Anfang … als Ausgangspunkt.

Leute, die Maria Nikolaewna genau kannten, behaupteten, dass, wenn in ihrem ganzen kräftigen und festen Wesen plötzlich etwas Weiches und Bescheidenes, etwas beinahe Jungfräulich-Schamhaftes – wie kam sie eigentlich zu dergleichen? – zur Erscheinung kam, dass dann … dann die Sache eine gefährliche Wendung nahm.

Diese Wendung nahm es auch jetzt, wie es schien, bei Sanin an Verachtung seiner selbst hätte er gefühlt, wenn es ihm gelungen wäre, sich auch nur einen Augenblick zu sammeln, doch weder dazu blieb ihm Zeit, noch dafür, sich zu verachten.

Sie aber benützte die Augenblicke. Und das alles geschah bloß, weil er gar nicht übel war! … Unwillkürlich fragt man sich: Wie soll man erkennen, wo man gewinnt? – wo man verliert?

Das Stück war zu Ende. Maria Nikolaewna bat Sanin, ihr den Schal überzuwerfen und regte sich nicht, während er mit dem weichen Gewande ihre wirklich königlichen Schultern umhüllte Sie fasste ihn unter den Arm, ging in den Korridor – und hätte beinahe aufgeschrien; gerade vor der Logentür stand wie eine Geistererscheinung von Dönhof, und hinter dessen Rücken lauschte die widrige Figur des Wiesbadener Literaten. Sein öliges Gesicht strahlte förmlich in Schadenfreude.

»Befehlen Sie nicht, gnädige Frau, Ihnen Ihren Wagen aufzusuchen?«, wandte sich der junge Offizier an Maria Nikolaewna mit von schlecht verhehlter Wut zitternder Stimme.

»Nein, ich danke«, entgegnete sie, »mein Lakei wird ihn aufsuchen. Bleiben Sie!«, fügte sie mit befehlender Stimme hinzu und entfernte sich rasch, Sanin nach sich ziehend.

»Gehen Sie doch zum Teufel! Was haben Sie an mich angeklebt?«, platzte von Dönhof auf den Literaten los; er musste doch an jemandem sein Mütchen kühlen.

»Sehr gut! Sehr gut!«, stammelte der Literat – und wurde unsichtbar.

Der Lakai Maria Nikolaewnas, der sie beim Ausgang erwartete, fand rasch ihren Wagen, sie stieg schnell ein, Sanin sprang ihr nach, die Tür wurde zugeschlagen – und Maria Nikolaewna brach in Lachen aus.

»Worüber lachen Sie?«, fragte Sanin mit Teilnahme.

»Ach, verzeihen Sie bitte, doch es kam mir durch den Kopf: Was, wenn von Dönhof sich nochmals mit Ihnen schießen würde … meinetwegen … wäre es nicht ein Wunder?«

»Sie sind sehr genau mit ihm bekannt?«, fragte Sanin.

»Mit ihm? Mit diesem Knaben? Er besorgt meine Aufträge. Seien Sie unbesorgt.«

»Ich fühle nicht die mindeste Besorgnis.«

Maria Nikolaewna seufzte. »Ach, ich weiß, dass Sie sich nicht beunruhigen. Doch hören Sie. Wissen Sie was: Sie sind so lieb, dass Sie meine letzte Bitte nicht abschlagen werden. Bedenken Sie, in drei Tagen fahre ich nach Paris. Sie kehren nach Frankfurt zurück … Wann sehen wir uns wieder?«

»Und diese Bitte wäre?«

»Sie können doch reiten?«

»Freilich.«

»Nun, hören Sie: Morgen früh will ich Sie mit mir nehmen und wir werden zur Stadt hinausreiten. Dann kehren wir zurück, schließen unser Geschäft ab – und Amen! Wundern Sie sich nicht, sagen Sie nicht, es sei eine Laune – ich sei verrückt – das alles kann sein – aber sagen Sie nur: Ich bin einverstanden.«

Maria Nikolaewna wandte ihm ihr Gesicht zu. Im Wagen war es dunkel, doch ihre Augen sprühten Funken selbst in dieser Dunkelheit.

»Meinetwegen, ich bin einverstanden«, sagte Sanin mit einem Seufzer.

»Ach! Sie haben geseufzt!«, spottete Maria Nikolaewna. »Wie richtig doch unser Sprichwort ist: Hast du die Last auf dich geladen, – klage über die Schwere nicht. Doch nein, nein … Sie sind – allerliebst, so gut – mein Versprechen werde ich halten. Da haben Sie meine Hand darauf, ohne Handschuh, meine Rechte, die Geschäftshand. Nehmen Sie sie und trauen Sie ihrem Drucke. Was ich für eine Frau bin, weiß ich nicht; doch ich bin ein ehrlicher Mensch – und Geschäfte kann man mit mir machen.«

Sanin, ohne sich selbst Rechenschaft zu geben, was er tue, führte diese Hand zu seinen Lippen. Maria Nikolaewna zog diese leise weg – verstummte plötzlich – und schwieg bis der Wagen bei dem Hotel verfuhr.

Sie stieg aus. Was war das? Schien es bloß Sanin oder fühlte er wirklich an seiner Wange eine rasche und brennende Berührung?

»Auf morgen!«, flüsterte Maria Nikolaewna zu ihm auf der durch die vier Lichter des Armleuchters, den der goldbetresste Portier bei ihrem Erscheinen ergriffen hatte, hell erleuchteten Treppe. Sie hielt ihre Augen gesenkt. »Auf morgen!«

In sein Zimmer zurückgekehrt, fand Sanin auf dem Tische einen Brief von Gemma. Im ersten Augenblick erschrak er – dann freute er sich sofort, nur um schneller seines Schreckens sich zu entschlagen. Der Brief bestand aus nur wenigen Zeilen. Gemma freute sich über den glücklichen »Anfang« der Angelegenheit, riet ihm geduldig zu sein und fügte hinzu, dass zu Hause alle gesund seien und sich im Voraus über seine Rückkehr freuten. Sanin fand diesen Brief ein wenig trocken, doch nahm er Papier und Feder ... und warf alles wieder weg. – »Was soll ich schreiben?! Morgen kehre ich selbst zurück ... es ist Zeit, die höchste Zeit!«

Er warf sich sofort ins Bett und bemühte sich, so schnell wie möglich einzuschlafen. Wäre er wach geblieben, er hätte an Gemma gedacht – er schämte aber sich, Gott weiß warum ... an sie zu denken. Er fühlte Gewissensbisse. Doch beruhigte er sich damit, dass morgen ohne Zweifel alles entschieden sein werde und dass er sich für immer von dieser verdrehten Dame trennen und den ganzen abgeschmackten Vorgang vergessen werde!

Schwache Leute pflegen im Gespräche mit sich selbst sich energisch auszudrücken.

Et puis ... cela ne tire pas à conséquence.

41.

Das dachte Sanin, als er sich niederlegte, doch was er am nächsten Tag dachte, als Maria Nikolaewna mit dem Korallengriffe ihrer Reitgerte an seiner Tür klopfte, als er sie an der Schwelle seines Zimmers mit der Schleppe ihres dunkelbraunen Amazonenkleides über dem Arme, dem kleinen Männerhute auf den dickgewundenen Flechten, mit dem auf die Schultern zurückgeworfenen Schleier, mit herausforderndem Lächeln auf den Lippen, auf den Augen, auf dem ganzen Gesicht sah – was er dann dachte – darüber schweigt die Geschichte.

»Nun? Sind Sie fertig?«, fragte ihre heitere Stimme.

Sanin knöpfte den Rock zu und nahm schweigend seinen Hut. Maria Nikolaewna warf ihm einen lichten Blick zu, nickte mit dem Kopf und lief schnell die Treppe hinunter. Er folgte ihr.

Auf der Straße vor dem Eingang des Hotels standen bereits die Pferde. Es waren ihrer drei; eine goldbraune, reine Vollblutstute mit trockenem, die Zähne fletschendem Maule, schwarzen, herausrollenden Augen, mit Hirschfüßen, ein wenig abgefallen, doch schön und hitzig wie das Feuer – für Maria Nikolaewna; ein mächtiger, breiter, ein wenig schwerer Hengst – schwarz, ohne andere Abzeichen – für Sanin; das dritte Pferd war für den Groom bestimmt. Maria Nikolaewna sprang graziös auf ihre Stute … Diese stampfte mit den Füßen, drehte sich herum, den Schwanz hebend und das Hinterteil herunterdrückend, doch Maria Nikolaewna (eine ausgezeichnete Reiterin) hielt sich fest an. Man musste sich von Herrn Polosoff verabschieden, welcher in seinem Fez, von dem er sich nie trennte, und in weit geöffnetem Schlafrock auf dem Balkon erschien und von da mit dem Batisttaschentuch winkte; er lächelte nicht im Mindesten und sah eher finster aus. Sanin schwang sich aufs Pferd. Maria Nikolaewna salutierte Herrn Polosoff mit der Reitgerte und hieb mit ihr dann auf den gebogenen flachen Hals ihres Pferdes; dieses bäumte sich, sprang an und ging in seinem zurückhaltenden Schritt, an allen Adern zitternd, sich auf der Trense sammelnd, in die Luft beißend und stoßweise schnaubend vorwärts. Sanin ritt hinter ihr und blickte auf Maria Nikolaewna. Selbstbewusst, graziös und ebenmäßig wiegte sich ihr feiner biegsamer Oberkörper, anliegend und ungezwungen vom Korsett umschlossen. Sie wandte sich um und rief Sanin mit bloßen Augen heran. Er ritt neben ihr.

»Nun, sehen Sie, wie es schön ist«, rief sie. »Ich sagte Ihnen zu allerletzt beim Abschied: Sie sind entzückend – und Sie werden nicht bereuen.«

Und bei den letzten Worten bewegte sie den Kopf wiederholt von oben nach unten, um dieselben gewissermaßen zu bestätigen und ihm das Gewicht derselben fühlen zu lassen.

Sie schien so glücklich zu sein, dass Sanin sich schier verwunderte; auf ihrem Gesichte erschien selbst jener gesetzte Ausdruck, wie er bei Kindern vorkommt, wenn sie sehr … sehr glücklich sind.

Im Schritt erreichten sie den nicht entfernten Schlagbaum und ritten dann in scharfem Trab auf der Chaussee. Das Wetter war ausgezeichnet, ein echtes Sommerwetter, der Wind flog ihnen entgegen, er säuselte sanft und pfiff ihnen angenehm in die Ohren. Sie fühlten sich wohl; das freudige Bewusstsein des jungen, gesunden Lebens, die ungestüme Bewegung nach vorwärts ergriff sie beide – es wuchs mit jedem Augenblicke.

Maria Nikolaewna hielt ihr Pferd zurück und ritt im Schritt; Sanin folgte ihrem Beispiel.

»Nur deshalb«, fing sie mit einem tiefen Seufzer des Glückgefühls an, »deshalb allein lohnt es sich, zu leben; ist dir gelungen, was du wünschtest, für unmöglich hieltest – genieße, Seele, bis zum äußersten Rand!« Sie fuhr mit der Hand quer über ihren Hals. – »Und wie gut fühlt sich dann der Mensch! Zum Beispiel ich jetzt, wie gut ich bin! Die ganze Welt möchte ich umarmen! Das heißt, nein, nicht die ganze Welt! … Diesen da möchte ich nicht umarmen.« Sie zeigte mit der Reitgerte auf einen am Rande des Weges sich hinschleppenden bettlermäßig bekleideten Greis. – »Doch ihn glücklich zu machen bin ich bereit. Nehmen Sie!«, schrie sie laut auf Deutsch und warf ihm eine Börse zu. »Da haben Sie.« Das schwere Beutelchen (an Portemonnaies dachte man damals noch nicht) fiel auf den Weg.

Der Vorübergehende wunderte sich, blieb stehen, Maria Nikolaewna lachte aus vollem Halse und trieb ihr Pferd zum Galopp an.

»Ist es ein großes Vergnügen für Sie zu reiten?«, fragte Sanin, sie einholend.

Maria Nikolaewna parierte ihr Pferd mit einem Rucke, sie hielt es nie anders zurück. – »Ich wollte bloß dem Dank entfliehen. Wer sich bei mir bedankt – verdirbt mir mein Vergnügen. Ich habe es ja nicht seinetwegen getan, sondern meinetwillen. Was hat er also mir zu danken? Ich habe nicht gehört, worüber Sie mich fragten.«

»Ich habe gefragt … ich wollte wissen, warum Sie heute so lustig sind?«

»Wissen Sie was«, rief Maria Nikolaewna, sie hatte entweder Sanin wieder nicht gehört, oder hielt es nicht für nötig, seine Frage zu beantworten. »Mir ist dieser Groom schrecklich langweilig, er hockt immer hinter uns und denkt wahrscheinlich nur daran, ob die Herrschaft bald nach Hause reiten werde? Wie soll man ihn los werden?« Sie zog rasch aus der Tasche ein kleines Notizbuch. »Ihn mit einem Brief nach der Stadt schicken? Nein … das geht nicht. Doch halt, was ist da vor uns? Ein Gasthaus?«

Sanin blickte nach der Richtung, in welche sie zeigte. »Ja, ich glaube, ein Gasthaus.«

»Das ist ja prachtvoll! Ich will ihm sagen, im Gasthaus zu bleiben und Bier zu trinken – bis wir zurückkommen.«

»Doch was wird er denken?«

»Was geht es uns an! Übrigens wird er nicht einmal denken, er wird Bier trinken – weiter nichts! Nun, Sanin« – sie nannte ihn zum ersten Male beim Familiennamen – »vorwärts, Trab!«

An das Gasthaus herangekommen, rief Maria Nikolaewna den Groom und eröffnete ihm, was sie von ihm verlange. Der Groom, von englischer Herkunft und englischem Temperament, führte schweigend seine Hand zum Mützenschirm, sprang vom Pferde und fasste es am Zügel.

»Nun, jetzt sind wir – freie Vögel!«, rief Maria Nikolaewna. – »Wo reiten wir hin – nach Norden, Süden, Osten, Westen? Sehen Sie, ich bin wie der ungarische König bei der Krönung.« Sie zeigte mit dem Ende der Reitgerte nach allen vier Weltrichtungen. »Alles ist unser! Doch wissen Sie was: Sehen Sie, welch' schöne Berge dort sind – und welch' schöner Wald! Reiten wir hin, in die Berge, in die Berge!«

»In die Berge, wo die Freiheit thront!«

Sie bog von der Chaussee ab und galoppierte auf einem engen, unbefahrenen Wege, der wirklich nach den Bergen zu führen schien. Sanin folgte ihr.

42.

Der Weg wurde bald zum Pfad und hörte, von einem Graben durchschnitten, endlich ganz auf. Sanin riet, zurückzukehren, doch Maria Nikolaewna rief: »Nein! Ich will in die Berge! Reiten wir gerade hin – wie die Vögel fliegen!« – Hinter dem Graben fing eine Wiese an, erst trocken, dann feucht, und endlich ganz sumpfig; das Wasser sickerte überall durch und bildete Pfützen. Maria Nikolaewna lenkte ihr Pferd absichtlich in die Pfützen, lachte und wiederholte beständig: »Lassen sie uns wieder Schulknaben sein!«

»Wissen Sie, was es heißt, durch Sumpf und Moor zu jagen?«, fragte sie.

»Ja«, antwortete Sanin.

»Mein Onkel verstand sich darauf«, fuhr sie fort. »Ich ritt häufig mit ihm – namentlich im Frühling. Das ist prachtvoll! Jetzt sind wir mit Ihnen auch wie auf der Hetzjagd. Nur eines wundert mich: Sie sind ein Russe durch und durch – und wollen eine Italienerin heiraten. Doch das ist – Ihr Scherz! Was ist das? Ein Graben? Hop!«

Das Pferd sprang hinüber – doch der Hut von Maria Nikolaewna fiel hinunter und ihre Flechten fielen über die Schultern. Sanin wollte vom Pferde springen und den Hut aufheben, doch sie rief ihm: »Lassen Sie, ich nehme ihn selbst auf«, beugte sich tief im Sattel herunter, erreichte mit dem Ende der Reitgerte den Schleier, und wirklich, sie erfasste den Hut, setzte ihn auf, doch ordnete sie ihre Haare nicht, sondern raste weiter; und weithin ertönten die Zurufe, mit denen sie das Pferd antrieb.

Sanin jagte neben ihr hin, setzte neben ihr über die Gräben, über die Zäune, die Bäche, fiel durch und arbeitete sich wieder auf, jagte bergab, bergauf und blickte stets sie an. Welch' Gesicht! Es scheint ganz wie geöffnet: Geöffnet sind die unersättlichen, lichten, wilden Augen; geöffnet die Nasenflügel, die so gierig atmen; sie blickt starr vor sich hin, und es scheint, dass diese Seele sich alles, Erde, Himmel, Sonne und Luft aneignen wolle, und nur eins bedauert sie – es gibt zu wenig Gefahren – sie hätte sie alle überwunden! – »Sanin!«, ruft sie. »Das ist wie in der Lenore von Bürger! Doch Sie sind nicht tot – nein? Nicht tot … Ich lebe!« Entfesselt sind die wilden Kräfte; so reitet keine Amazone mehr – so rast ein junger weiblicher Kentaur – halb Tier, halb Göttin – und die gesetzte, wohlerzogene Gegend, von ihrem schrankenlosen Übermut mit Füßen getreten, ist von Staunen ergriffen.

Endlich hielt Maria Nikolaewna ihr schaumbedecktes, mit Schmutz bespritztes Pferd an, es schwankte unter ihr, und dem mächtigen, schweren Hengste von Sanin ging der Atem aus.

»Was? Ist's schön?«, fragte Maria Nikolaewna wundersam flüsternd.

»Schön!«, antwortete Sanin begeistert. Auch er war in Flammen.

»Warten Sie, es kommt noch schöner!« Sie reichte ihm die Hand. Der Handschuh war zerrissen.

»Ich habe gesagt, dass ich Sie in den Wald, in die Berge führen werde … Da sind sie ja, die Berge!« Wirklich, etwa zweihundert Schritte von dem Platze, bis wohin die kühnen Reiter gesprungen waren, fingen die mit hohem Wald bedeckten Berge an. – »Sehen Sie, da ist auch der Weg. Bringen wir uns ein wenig in Ordnung – und vorwärts. Aber im Schritt. Man muss die Pferde ausschnauben lassen.«

Sie ritten weiter. Mit einer lebhaften Handbewegung hatte Maria Nikolaewna ihr Haar zurückgeworfen. Dann sah sie ihre Handschuhe an – und zog sie aus. »Die Hände werden nach Leder riechen, doch Ihnen ist es nicht unangenehm? Wie?«

Maria Nikolaewna lächelte und Sanin ebenfalls. Dieser tolle Ritt hatte sie gänzlich genähert und befreundet.

»Wie alt sind Sie?«, fragte sie plötzlich.

»Zweiundzwanzig.«

»Nicht möglich? Ich bin gleichfalls so alt. Schöne Jahre! Zählt man sie zusammen, kommt man doch noch nicht zum Alter. Übrigens ist es heiß. Bin ich sehr rot?«

»Wie eine Mohnblume!«

Maria Nikolaewna fuhr mit dem Taschentuche über ihr Gesicht. – »Wenn wir nur bald den Wald erreichten. So ein alter Wald ist wie ein alter Freund. Haben sie Freunde?«

Sanin dachte ein wenig nach. – »Ja … doch wenige. Echte Freunde habe ich nicht.«

»Ich aber habe echte – nur keine alten Freunde. Das ist auch ein Freund – das Pferd. Wie behutsam trägt es dich! Ach wie schön ist's hier! Fahre ich denn wirklich übermorgen nach Paris?«

»Ja, wirklich?«, fragte Sanin gleichfalls.

»Und Sie – nach Frankfurt?«

»Ich, durchaus nach Frankfurt!«

»Nun, Gott sei mit Ihnen. Doch der heutige Tag ist dafür unser … unser … unser!«

Die Pferde erreichten den Saum des Waldes und betreten den letzteren. Der Waldschatten umhüllte sie breit und sanft von allen Seiten.

»Oh, hier ist's ja wie im Paradies!«, rief Maria Nikolaewna. – »Tiefer, weiter in diesen Schatten hinein, Sanin!«

Die Pferde bewegten sich langsam »tiefer« in den Schatten, ein wenig schwankend und schnaubend. Der Weg, auf dem sie einherschritten, bog plötzlich in eine enge Schlucht ein. Der Geruch von Birkenholz, von Farrenkraut, von Fichtenharz, von durchnässten vorjährigen Blättern schien in derselben sich aufgesammelt zu haben – verdichtet und einschläfernd. Aus den Ritzen der schwarzbraunen Steine quoll reichliche Feuchtigkeit. Zu beiden Seiten des Weges zogen sich runde, mit grünem Moos bedeckte Erhöhungen hin.

»Halten Sie«, rief Maria Nikolaewna. »Ich will mich setzen und mich auf diesem Samt ausruhen. Helfen Sie mir herunter.«

Sanin sprang vom Pferde und eilte zu ihr. Sie stützte sich auf seinen beiden Schultern, sprang rasch vom Pferde und setzte sich auf einem der Mooshügel. Er stand vor ihr, die Zügel beider Pferde haltend.

Sie richtete ihre Augen auf ihn. »Sanin, wissen Sie zu vergessen?«

Sanin kam die gestrige Berührung im Wagen in den Sinn.

»Ist das eine Frage oder ein Vorwurf?«

»Ich habe in meinem Leben noch nie jemandem etwas vorgeworfen. Glauben Sie an Liebeszauber?«

»Wie?«

»An Liebeszauber, von dem die Volksmärchen erzählen.«

»So! Davon sprechen Sie ...«, erwiderte Sanin, seine Worte dehnend.

»Ja, davon. Ich glaube daran … auch Sie werden glauben.«

»Liebeszauber … das ist ja Behexen ...«, wiederholte Sanin. »Alles in der Welt ist möglich. Ich glaubte nicht daran – jetzt aber glaube ich. Ich kann mich nicht wiedererkennen.«

Maria Nikolaewna war nachdenklich – sie wandte sich um. – »Mir kommt dieser Platz bekannt vor. Sehen Sie nach, Sanin, ob nicht hinter jener Eiche – ein hölzernes rotes Kreuz steht?«

Sanin machte einige Schritte seitwärts. »Ich sehe, dort steht ein Kreuz.«

Maria Nikolaewna lächelte. »Schon gut! Ich weiß, wo wir sind. Was klopft da? Ein Holzhauer?«

Sanin blickte in den Wald hinein. »Ja ... dort schlägt jemand trockene Äste ab.«

»Ich muss mein Haar in Ordnung bringen. Wenn er mich sieht – verurteilt er mich am Ende.« – Sie nahm den Hut ab und fing ihre langen Zöpfe zu flechten an – schweigsam und mit wichtiger Miene. Sanin stand vor ihr ... Ihre ebenmäßigen Glieder zeichneten sich deutlich unter den dunklen Tuchfalten ab, an denen hier und da Moos klebte.

Das eine Pferd hinter Sanins Rücken schüttelte sich plötzlich; er bebte unwillkürlich vom Kopf bis zu den Füßen. Alles war in ihm verwirrt – die Nerven wie Saiten gespannt. Nicht umsonst hatte er es gesagt, dass er sich nicht wiedererkenne ... Er war wirklich verzaubert. Sein ganzes Wesen war von einem Verlangen, von einem Gelüste erfüllt. Maria Nikolaewna warf ihm einen durchdringenden Blick zu.

»Jetzt ist alles in Ordnung«, rief sie, den Hut aufsetzend. »Sie wollen sich nicht setzen? Hierher? Nein, warten Sie ... setzen Sie sich nicht. Was ist das?«

Über die Gipfel der Bäume, durch die Waldluft, rollte eine dumpfe Erschütterung hin.

»Ist das Donner?«

»Ich glaube, es ist wirklich Donner«, antwortete Sanin.

»Ach, das ist ja ein Festtag! Wirklich ein Feiertag! Das hatte ja bloß gefehlt!« Das dumpfe Getöse ertönte wieder, erhob sich, und fiel krachend nieder. »Bravo! Bst! Erinnern Sie sich, ich sprach gestern von der Äneide? Auch sie wurden im Walde vom Gewitter überrascht. Doch man muss sich flüchten.« Sie stand rasch auf. – »Führen Sie mir das Pferd vor ... strecken Sie die Hand aus. – So, ist gut. Ich bin nicht schwer.«

Leicht wie ein Vogel schwang sie sich in den Sattel. Sanin bestieg sein Pferd.

»Wir reiten – nach Hause?«, fragte er mit unsicherer Stimme.

»Nach Hause?«, antwortete sie, die Frage dehnend, und zog die Zügel an. – »Folgen Sie mir«, befahl sie fast barsch.

Sie ritt auf den Weg und erreichte, am roten Kreuz vorbei in ein Tal herabreitend, einen Kreuzweg, bog dann rechts um, wieder bergauf … sie wusste augenscheinlich, wohin sie ritt – der Weg aber führte immer tiefer und tiefer in den Grund des Waldes. Sie redete nicht, wandte sich nicht um – gebieterisch bewegte sie sich vorwärts – und er folgte gehorsam und willig ohne eine Spur von Willen in dem hinsterbenden Herzen. Es fing zu tröpfeln an. Sie beschleunigte den Gang ihres Pferdes – und Sanin blieb nicht zurück. Endlich blickte aus dem dunklen Grün der Tannensträucher, unter herabhängenden grauen Felsen, ein elendes Wächterhäuschen hervor, mit niedriger Tür in der Wand aus Flechtwerk.

Maria Nikolaewna zwang das Pferd durch das Gebüsch, sprang herunter – wandte sich beim Eingang des Häuschens zu Sanin um und flüsterte: »Äneas?«

Vier Stunden darauf war Maria Nikolaewna mit Sanin, in Begleitung des auf dem Sattel schlafenden Grooms nach Wiesbaden in das Hotel zurückgekehrt. Herr Polosoff kam seiner Frau entgegen, den Brief an den Verwalter in der Hand haltend; genauer in ihr Gesicht blickend, ließ er jedoch Missvergnügen sehen und brummte selbst:

»Habe ich denn mein Pari verloren?«

Maria Nikolaewna zuckte bloß mit den Achseln.

Und am selben Tage, etwa zwei Stunden später, stand Sanin in seinem Zimmer vor ihr wie ein Verlorener, ein Untergegangener …

»Wo fährst du denn hin?«, fragte sie ihn. »Nach Paris oder nach Frankfurt?«

»Ich fahre da hin, wo du sein wirst, und werde mit dir sein, solange du mich nicht wegjagst«, antwortete er in Verzweiflung und schmiegte sein Haupt an die Hände seiner Gebieterin.

Sie befreite dieselben, legte sie ihm auf seinen Kopf und griff mit allen zehn Fingern in seine Haare. Sie wühlte langsam und kräuselte dies unschuldige Haar; sie selbst stand ganz aufgerichtet, auf ihren Lippen spielte schlangenartiges Frohlocken – ihre Augen aber, weit und bis zur Weiße licht, drückten nur erbarmungslose Stumpfheit und Sättigung des Sieges aus. Der Geier, welcher mit den Krallen sein erbeutetes Opfer zerreißt, hat solche Augen.

43.

Daran erinnerte sich Sanin, als er in der Stille seines Arbeitszimmers in seinen alten Papieren wühlend, unter ihnen das kleine Kreuz aus Granaten gefunden hatte. Die von uns erzählten Ereignisse stellten sich in ihrer Folge klar seinem seelischen Blicke dar … Doch zu dem Punkte derselben angelangt, da er in erniedrigender Weise Frau Polosoff angefleht, da er sich zu ihren Füßen geworfen, da seine Sklaverei ihren Anfang hatte – da wandte er sich von den hinaufbeschworenen Bildern ab, wollte sich nicht mehr daran erinnern. Nicht dass das Gedächtnis ihn im Stiche gelassen hätte – oh nein! – er wusste, er wusste nur zu genau, was diesem Augenblicke gefolgt war, doch die Schande würgte ihn – selbst jetzt noch, nach Verlauf so vieler Jahre. Er hatte Angst vor jenem Gefühl unüberwindlichen Ekels vor sich selbst, welches, daran konnte er nicht zweifeln, ihn sicher erfüllen, wie mit einer Welle alle anderen Eindrücke wegschwemmen würde, wenn es ihm nicht gelänge, seinem Gedächtnisse Schweigen aufzuerlegen. Doch wie sehr er sich auch von den aufdrängenden Erinnerungen abwandte, er vermochte nicht, sie gänzlich verstummen zu lassen. Er erinnerte sich an den elenden, weinerlichen, lügenhaften, widerlichen Brief, den er Gemma geschrieben, und der ohne Antwort blieb. – Vor ihr zu erscheinen, zu ihr zurückzukehren – nach solchem Betruge, nach solchem Verrate –

nein! nein! – dafür besaß er doch noch zu viel Gewissen, zu viel Ehrlichkeit. Überdies hatte er ja jedes Vertrauen auf sich, jede Achtung vor sich selbst verloren; für nichts mehr wagte er einzustehen. Sanin erinnerte sich, wie er darauf – oh Schande! – den Diener Polosoffs nach Frankfurt geschickt, um seine Sachen zu holen, wie er Angst gehabt, wie er nur daran gedacht, schnell nach Paris, nach Paris abzureisen; wie er auf den Befehl von Maria Nikolaewna sich an Hippolyt Sidoritsch herangemacht, sich bei ihm eingeschmeichelt – den Liebenswürdigen mit von Dönhof gespielt, an dessen Finger er einen, dem ihm von Maria Nikolaewna überreichten, ähnlichen eisernen Ring bemerkt hatte!! Die Erinnerungen, die weiter folgten, waren noch schimpflicher, noch schmählicher … Der Kellner überreicht ihm eine Visitenkarte, und darauf steht der Name Pantaleone Cippatola, Hofopernsänger S.K.H. des Herzogs von Modena! Er verbirgt sich vor dem Alten, doch kann er einer Begegnung mit ihm auf dem Korridor nicht entgehen – und es erscheint vor ihm das aufgeregte Gesicht unter dem in die Höhe gerichteten grauen Schopfe; es glühen wie Kohlen die altersschwachen Augen, er hört drohende Ausrufe und Verwünschungen: *Maledizione!* Sogar die schrecklichen Worte: *Codardo! Infame traditore!* werden vernehmbar. Sanin drückte die Augen zu, schüttelte den Kopf, wendet sich immer von Neuem ab – und stets sich im bequemen Reisewagen auf dem schmalen Vorderplatze sitzend … auf den hinteren, bequemen Plätzen sitzt Maria Nikolaewna und Hippolyt Sidoritsch – ein Viergespann zieht im gleichmäßigen Trabe den Wagen über die Straßen Wiesbadens – nach Paris! Nach Paris! Hippolyt Sidoritsch isst eine Birne, die Sanin für ihn abgeschält hat; Maria Nikolaewna aber blickt ihn an – und lächelt ihm zu mit jenem, ihm, dem Geknechteten, bekannten Lächeln des Eigentümers, des Gebieters.

Doch, Gott, dort an der Straßenecke – nicht weit vom Ende der Stadt – steht nicht Pantaleone da – und wer ist mit ihm? Ist es wirklich Emilio? Ja, da ist er, jener begeisterte, ihm ergebene Knabe!

Wie lange ist es her, dass sein junges Herz in Andacht bebte vor seinem Helden, vor seinem Ideal, und jetzt spricht sein bleiches, schönes – so schönes Gesicht, dass Maria Nikolaewna ihn bemerkt und aus dem Wagenfenster herausblickt – dies edle Gesicht glüht von Zorn und Verachtung; die Augen – jenen Augen so ähnlich – starren Sanin an, und die Lippen pressen sich zusammen … und öffnen sich dann für Beleidigungen …

Pantaleone aber erhebt die Hand und zeigt auf Sanin – wem? Dem daneben stehenden Tartaglia, und Tartaglia bellt Sanin an – und das Gebell des ehrlichen Hundes klingt wie unerträgliche Beleidigung!

Oh, wie widerlich!

Und dann das Leben in Paris – und alle Erniedrigungen, alle ekelhaften Qualen eines Sklaven, dem weder Eifersucht noch Klagen erlaubt sind und den man endlich wie abgetragene Kleidung wegwirft …

Dann Rückkehr nach dem Vaterlande, vergiftetes, verödetes Leben, kleinliches Abmühen, kleinliche Beschäftigungen, bittere und fruchtlose Reue und ebenso fruchtloses und bitteres Vergessen, keine sichtbare, aber beständige und immerwährende Strafe, wie ein unbedeutender aber unheilbarer Schmerz, wie das pfenningweise Bezahlen einer Schuld, deren Höhe man nicht berechnen kann …

Der Kelch war überfüllt – genug!

Auf welche Weise hat sich das Kreuz bei ihm erhalten, das Gemma Sanin gegeben, warum hat er es nicht zurückgegeben, wie ist es gekommen, dass er vor diesem Tage es nie aufgefunden hat? Lange, lange saß er in Gedanken – und bereits von der Erfahrung belehrt, konnte er nach so viel Jahren doch nicht begreifen, wie er Gemma, die er so zart und leidenschaftlich geliebt, für eine Frau verlassen konnte, für die er keine Liebe empfunden … Am nächsten Tage setzte er alle seine Freunde und Bekannten in Erstaunen: Er erklärte ihnen, dass er ins Ausland reise. Man wusste in der Gesellschaft nicht, was man darüber denken solle. Sanin verließ Petersburg mitten in der Wintersaison, nachdem er eben eine prachtvolle Wohnung gemietet und eingerichtet, nachdem er sogar sich in der italienischen Oper abonniert hatte, in welcher Frau Patti – Patti selbst, Patti in Person mitwirkte. Die Freunde und Bekannten wussten nicht, was sie denken sollten, doch ist es den Leuten nicht eigen, sich lange um fremde Angelegenheiten zu kümmern, und als Sanin ins Ausland fuhr, erschien an dem Bahnhofe, um ihm Lebewohl zu sagen, bloß ein französischer Schneider, und zwar nur in der Hoffnung, eine unbezahlte Rechnung *pour un sout en barque en relour noir, tout a fait chic* bezahlt zu bekommen.

44.

Sanin sagte seinen Freunden, dass er ins Ausland reise – doch er sagte nicht wohin; der Leser wird leicht erraten, dass er grade nach Frankfurt fuhr. Dank der überall entstandenen Eisenbahnen, traf er bereits vier Tage nach der Abfahrt aus Petersburg dort ein. Er hatte Frankfurt seit 1840 nicht mehr berührt. Der Gasthof »Zum weißen Schwan« stand an derselben Stelle und blühte, wenn auch nicht mehr als Hotel ersten Ranges. Die Zeil, die Hauptstraße Frankfurts, hatte sich wenig verändert, doch nicht allein vom Hause der Frau Roselli – selbst von der Straße, in der sich ihre Konditorei befunden hatte, war keine Spur mehr vorhanden. Sanin irrte wie ein Wahnsinniger auf den einst ihm so bekannten Plätzen umher und konnte nichts wiedererkennen; die früheren Bauten waren verschwunden, an ihrer Stelle standen jetzt neue Straßen, in denen sich ungeheuere dicht nebeneinander gelegene Häuser und elegante Villen reihten; selbst der öffentliche Garten, in dem sein erstes und letztes Stelldichein mit Gemma stattgefunden, war so emporgewachsen, hatte sich so verändert, dass Sanin sich fragen musste, ob das wirklich derselbe Garten sei? Wie und wo soll er Erkundigung einziehen? An wen er sich auch wenden mochte – niemand kannte selbst den Namen Roselli; der Wirt seines Gasthauses riet ihm, sich nach der öffentlichen Bibliothek zu bemühen: Dort werde er alle alten Zeitungen finden, doch welchen Nutzen er daraus ziehen könnte – darüber wusste er selbst keine Erklärung zu geben. Sanin erkundigte sich aus Verzweiflung nach Herrn Klüber. Dieser Name war dem Wirt gut bekannt, doch auch hier erfolgte ein Misserfolg. Der elegante Kommis, nachdem er Aufsehen erregt und zu der Höhe eines Kapitalisten emporgestiegen war – hatte sich verspekuliert, Bankrott gemacht – und war im Gefängnis gestorben … Übrigens verursachte diese Nachricht Sanin nicht die geringste Trauer. Er fing bereits seine Reise für ein wenig unbedacht zu halten an … Doch als er das Frankfurter Adressbuch durchblätterte, stieß er auf den Namen von Dönhof, Major a.D. Er nahm sofort einen Wagen und fuhr nach dessen Wohnung. Warum aber dieser Dönhof durchaus jener Dönhof sein musste und warum selbst jener Dönhof ihm Nachrichten über die Familie Roselli geben könnte, das fragte er sich nicht. Einerlei, der Ertrinkende greift nach einem Strohhalme.

Sanin traf den Major a.D. zu Hause und erkannte sofort in dem ihn empfangenden älteren Herrn seinen früheren Gegner. Auch dieser erkannte ihn und drückte sogar Freude über sein Erscheinen aus; es erinnerte ihn an seine Jugend – an seine Jugendstreiche. Sanin erfuhr von ihm, dass die Familie Roselli schon längst nach Amerika, und zwar nach New York ausgewandert sei, dass Gemma einen Kaufmann geheiratet habe, dass übrigens er, von Dönhof, einen Bekannten, ebenfalls einen Kaufmann habe, dem wahrscheinlich die Adresse ihres Gatten bekannt sei, da dieser in vielfachen Geschäftsverbindungen mit Amerika stehe. Sanin bat Dönhof zu diesem Kaufmann zu gehen – und – oh Freude! – von Dönhof brachte ihm die Adresse von Gemmas Manne Mr. Slocum, New York, Broadway Nr. 501. – Leider stammte diese Adresse noch aus dem Jahre 1863.

»Wir wollen hoffen«, rief von Dönhof, »dass unsere einstige Frankfurter Schönheit noch lebe und New York nicht verlassen habe! Doch sagen Sie mir bei dieser Gelegenheit«, fügte er hinzu, »wissen Sie nicht, was jene Russin macht, erinnern Sie sich, damals in Wiesbaden – Frau von Bo … Bo … von Bolosoff – lebt sie noch?«

»Nein«, antwortete Sanin, »sie ist längst gestorben.«

Dönhof erhob die Augen – doch als er sah, dass Sanin sich abwandte und finster wurde – fügte er kein Wort mehr hinzu – und entfernte sich bald.

Noch an demselben Tage schickte Sanin einen Brief nach New York an Frau Gemma Slocum. In diesem Briefe hob er hervor, dass er ihr aus Frankfurt schreibe, wohin er nur um ihre Spuren aufzusuchen gekommen sei, dass er sich vollkommen bewusst sei, wie wenig er ein Recht habe, eine Antwort von ihr zu erhoffen, dass er durch gar nichts ihre Verzeihung verdient habe und nur eines wünsche: dass in den glücklichen Verhältnissen, von welchen sie jetzt umgeben, sie seine Existenz längst vergessen habe. Er fügte hinzu, dass er infolge eines zufälligen Umstandes, der allzu mächtig die Gebilde der Vergangenheit in ihm wachgerufen, sie an ihn zu erinnern gewagt habe; er erzählt ihr sein einsames familien- und freudenloses Leben; er beschwor sie, jene Gründe zu verstehen, die ihn sich an sie zu wenden nicht zugelassen, dass die bittere Erkenntnis seiner Schuld – die lange schwer gebüßt und noch nicht vergeben sei – ihm in das Grab folge; und ihn, wenn auch mit einer kurzen Nachricht, wie es ihr in der neuen Welt, in die sie sich entfernt habe, ergehe, zu erfreuen.

»Wenn Sie mir nur ein Wort schreiben«, so schloss Sanin seinen Brief, »werden Sie eine gute Tat vollbringen, die Ihrer edlen Seele würdig ist – und ich werde Ihnen dankbar sein bis zu meinem letzten Atemzuge. Ich bin hier im Gasthaus ›Zum weißen Schwan‹ (diese Worte unterstrich er) abgestiegen und werde Ihre Antwort bis zum Frühling erwarten.«

Er schickte diesen Brief ab und fing zu warten an. Ganze sechs Wochen lebte er im Gasthause und verließ während dieser Zeit sein Zimmer beinahe nie, und da sah er niemand, niemand konnte ihm weder aus Russland noch anderswoher schreiben, und das war ihm gerade recht. Kommt doch ein Brief an seine Adresse an, so weiß er, dass es *der* ist, den er erwartet. Er las vom frühen Morgen bis in die Nacht, und zwar nicht Journale, sondern ernste Bücher, meistens Geschichtswerke. Dies anhaltende Lesen, dies Schweigen, dieses schneckenartige, zurückgezogene Leben entsprach vollkommen seiner Gemütsstimmung. »Schon dafür tausend Dank an Gemma! Doch lebt sie noch? Wird sie antworten?«

Endlich kam ein Brief mit amerikanischem Poststempel aus New York an ihn an … Die Handschrift auf dem Kuvert war englisch … er kannte sie nicht, und sein Herz zog sich schmerzlich zusammen. Nicht mit einem Mal entschloss er sich, den Brief zu öffnen. Er blickte auf die Unterschrift: Gemma! Die Tränen brachen ihm hervor; schon der Umstand, dass sie sich mit bloßem Namen ohne Familiennamen zeichnete, war ihm eine Bürgschaft der Versöhnung, der Verzeihung! Er öffnete das feine blaue Briefpapier – eine Fotografie glitt aus demselben.

Er hob sie rasch auf und war außer sich: Gemma, die leibhaftige Gemma, jung, so wie er sie vor dreißig Jahren gekannt hatte! Dieselben Augen, dieselben Lippen, dieselbe Bildung des ganzen Gesichtes! Auf der Kehrseite der Fotografie stand: »Meine Tochter Marianna«. Der ganze Brief war sehr freundlich und einfach. Gemma dankte Sanin, dass er sich nicht bedacht, sich an sie zu wenden, dass er Vertrauen zu ihr gehabt habe; sie verheimlichte ihm nicht, welch' schwere Tage sie nach seiner Flucht verlebt habe, sie fügte hinzu, dass sie trotzdem ihr Begegnen mit ihm als ein Glück für sie betrachte und stets betrachtet habe, dass dieses Begegnen sie verhindert habe, Frau Klüber zu werden, und auf diese Weise, wenn auch nur mittelbar, die Ursache ihrer jetzigen Ehe geworden sei, in der sie jetzt bereits achtundzwanzig Jahre vollkommen glücklich, in Zufriedenheit und Überfluss lebe: ihr Haus sei in ganz New York bekannt. Gemma teilte Sanin mit, dass sie fünf Kinder habe – vier Söhne und eine achtzehnjährige Tochter – Letztere bereits Braut, deren Fotografie sie ihm hiermit beifüge, weil sie nach allgemeinem Urteil ihrer Mutter gleiche. Die betrübenden Nachrichten hatte Gemma zuletzt aufgespart: Frau Lenore war in New York gestorben, wohin sie ihrer Tochter und Schwiegersohn gefolgt, doch hatte sie sich noch am Glücke ihrer Kinder erfreuen, ihre Enkel wiegen können; Pantaleone hatte sich ebenfalls nach Amerika begeben wollen, doch war er kurz vor der Abreise aus Frankfurt gestorben. »Und Emilio, unser lieber, unvergleichlicher Emilio ist ruhmvollen Todes im Kampfe für die Befreiung des Vaterlandes in Sizilien gestorben, wohin er sich in der Zahl der ›Tausend‹, die der große Garibaldi führte, begeben.« Dann drückte Gemma ihr Bedauern aus, dass das Leben für Sanin, wie es schiene, einen so schlimmen Verlauf genommen, wünschte ihm vor allem Ruhe und Seelenfrieden und sagte ihm, es würde ihr Freude machen, ihn wiederzusehen – sie wisse freilich, wie wenig wahrscheinlich ein solches Wiedersehen sei …

Wir unternehmen es nicht, die Gefühle zu beschreiben, die Sanin beim Lesen dieses Briefes bewegten. Für solche Gefühle gibt es keine entsprechenden Ausdrücke, sie sind tiefer, stärker und unbestimmter als jedes Wort. Die Musik allein könnte sie wiedergeben.

Sanin antwortete sofort und schickte als Brautgeschenk an Marianna Slocum vom unbekannten Freunde – das Kreuz aus Granaten, das er an ein prachtvolles Perlencollier befestigen ließ. Dies Geschenk, wenn auch sehr kostspielig, ruinierte ihn nicht; im Laufe der dreißig Jahre, die seit seinem ersten Aufenthalt in Frankfurt verflossen, war es ihm geglückt, ein ziemlich beträchtliches Vermögen zu sammeln. In den ersten Maitagen kehrte er nach Petersburg zurück – doch schwerlich für lange Zeit. Man hört, er verkaufe alle seine Güter und wolle nach Amerika gehen.

Printed in Great Britain
by Amazon

44779453R00099